没有钥匙的梦

鍵のない夢を見る

［日］辻村深月 著

王华懋 译

四川文艺出版社

图书在版编目（CIP）数据

没有钥匙的梦 /（日）辻村深月著；王华懋译．——
成都：四川文艺出版社，2021.11
ISBN 978-7-5411-6145-2

Ⅰ.①没… Ⅱ.①辻… ②王… Ⅲ.①短篇小说—小说集—日本—现代 Ⅳ.① I313.45

中国版本图书馆 CIP 数据核字（2020）第 197606 号

KAGI NO NAI YUME WO MIRU by TSUJIMURA Mizuki
Copyright © 2012 TSUJIMURA Mizuki
All rights reserved.
Original Japanese edition published by Bungeishunju Ltd., Japan in 2012.
Chinese (in simplified character only) translation rights in PRC reserved by
Beijing Xiron Culture Group Co., Ltd., under the license granted by TSUJIMURA Mizuki,
Japan arranged with Bungeishunju Ltd., Japan through East West Culture & Media Co., Ltd., Japan.
本书中译本由时报文化出版企业股份有限公司委任安伯文化事业有限公司代理授权

版权登记号：图进字 21-2021-200

MEIYOU YAOSHI DE MENG
没有钥匙的梦
［日］辻村深月 著　王华懋 译

出 品 人　张庆宁
策划出品　北京磨铁文化集团股份有限公司
责任编辑　邓　敏
责任校对　汪　平

出版发行　四川文艺出版社（成都市槐树街 2 号）
网　　址　www.scwys.com
电　　话　010-82068999（市场部）　028-86259303（编辑部）
传　　真　028-86259306

印　　刷　三河市冀华印务有限公司
成品尺寸　146mm × 210mm　　开　本　32 开
印　　张　7.25　　　　　　　　字　数　130 千
版　　次　2021 年 11 月第一版　印　次　2021 年 11 月第一次印刷
书　　号　ISBN 978-7-5411-6145-2
定　　价　45.00 元

版权所有·侵权必究。如有质量问题，请与本公司图书销售中心联系调换。010-82069336

目 录
contents

仁志野町的小偷
/
001

石蹉南地区的纵火
/
039

美弥谷住宅区的亡命徒
/
081

芹叶大学的梦想与杀人
/
115

君本家的绑架
/
175

仁志野町的小偷

看到巴士里站在前方的她时,"啊,小律!"我条件反射地想叫出声来,心想,已经多少年没见面了,她意志坚定的眼神与乌亮笔直的头发一点儿都没变。

她向观光客行礼,透过麦克风大声招呼:"各位早!"她声音沉稳,熟练地应对着我妈这种中老年人。

"感谢各位搭乘那贺交通观光巴士旅行。今天天公不作美,不巧是个阴天,但天气预报说应该不会下雨。我相信今天车上的各位平日都乐善好施,让我们一起期待明天是个大好晴天吧!"

上星期我才在课堂上对我带的六年级学生说,最好避免使用"都(有)""都不(没有)"的说法,不过乘客中传出一片掌声，热络的附和声响起："咱们平日可是乐善好施的！""那当然了。"律子开心地应道。

"我是导游近田，这两天将陪伴大家，为大家介绍导览。这位是司机冈本，我们来请他打个招呼。"

她转过身把麦克风递到司机口边的时候，帽子上的缎带摇曳，长发垂落在胸前。司机用一种耿直又认真的语气向乘客寒暄，律子笑了："冈本很害羞，不会说话，每次打招呼都很简短。我常跟他做搭档，他的驾驶技术可是'一把罩'，从来没有违规记录。"

深蓝色的背心与窄裙，细条纹白衬衫搭配黄领带，头顶的帽子也系了同色的缎带。

她已经是大人了。

曾在远足巴士中坐一起的两个孩子，现在已经成了导游和老师。我们已经是这把年纪了。

不出所料，母亲找我一起参加的"伊势神宫进香团"，里面只有我一个年轻人。律子在大伯大婶的围绕中，配合他们的节奏导览介绍。

我旁边靠窗坐的母亲一上车就拿出茶和点心，似乎完全没发现眼前的巴士导游是女儿以前的同学。

律子自我介绍她姓近田——跟我以前知道的姓氏不一样

了。她戴着手套，看不出有没有婚戒。我心底生出一股暗潮汹涌的感觉，她，结婚了？

她在各所学校辗转，但一定从来没想过离开这里吧。她在市内的这家公司担任巴士导游，不知道何时会碰上旧识。她不是去了东京吗？我以为她会趁那个机会，和她母亲就此分道扬镳，难道是因为结了婚，总算摆脱她母亲了？

我看到她微笑着把麦克风递向一名乘客，忍不住眯起眼睛。

她一定是真心觉得不管遇上谁都无所谓。她站在众人面前的模样是如此坦然，看得出她从事这一行已经很久了。即使没有成为儿时向往的偶像歌手，也没有离开这里，她依旧是问心无愧、安然自在。最终，她在这个小镇扎了根。

我忽然想，相对于她，我究竟在这里做了些什么？

律子明朗地大声介绍今天的行程："我们会在名古屋下车。午餐时间，我们为大家预约了可以顺便逛街打发时间的店铺。然后再继续上高速公路，一路往伊势神宫前进……"

我听着她的声音，记忆倒转至少年时代。我回忆起她背对着我，阻止我出声呼唤"小律"的背影。

没错，我们已经是大人了。

1

小学三年级的暑假结束时，水上律子转到我们班来了。

仁志野町总共有四所小学，我读的北小是仁志野町内最小的一所学校，距离镇中心有车站和综合医院的南小，骑单车要三十多分钟。北小的每个年级只有一个班，从入学到毕业，同学都是一样的。

律子是从邻镇来的。很少有学生从附近地区转来，而且还不是新年度开始的时候转来，这在北小是很罕见的事。

律子性格开朗，而且手很灵巧，大家都喊她小律。她头发很长，每天都顶着精心打理过的发型来上学。那好像是她自己弄的，不像我，每天早上让母亲扎个马尾就算了，所以律子在下课时说"我帮你弄"，为我编麻花辫子时，我开心极了。

律子功课不好，但运动神经出类拔萃，还有每次合唱时，她都会拼命放开嗓子大声唱。

"我以后要当偶像歌手！"

有一天她告诉我。

"我想登上《MUSIC STATION》[1]！"

和律子关系最要好的是优美子。

或许也因为是同桌，她们一下子就成了好朋友，两人的母亲也经常闲聊。她们常去彼此家里做功课或做美劳作业，好像两家也会一起去看电影、买东西。

优美子是个天使般的女生，她跟每个人都聊得来，对别人的意见从不赞成或反对，总是笑眯眯的，大家也都接纳这样的她。如果问对她的印象，每个人都会回答"她很乖""很喜欢她"。她非常受欢迎。优美子的母亲在家里教钢琴，她自己也弹得一手好琴。经常是律子唱歌，优美子为她伴奏。相较于个子娇小、皮肤白皙、宛如妖精的优美子，律子肤色黝黑，个子也是班上数一数二的。有时候她们看起来就像一对亲密的姐妹。

优美子从来没有特别要好的朋友，这下却有了姐妹淘，因此一开始也有人羡慕律子，或是说她的坏话。可是没有多久，律子开始拿自己或弟弟的糗事逗大家开心，赢得了"这女生很风趣""很开朗"的评价，渐渐融入班级这个大环境中了。

---

1 译注：日本朝日电视台在黄金时段播放的现场直播音乐节目。

我跟律子和优美子都是很好的朋友。这是因为我跟优美子家本来就住得近。虽然年纪还小,但我还有点自知之明,即使会憧憬成为偶像歌手,也绝对不敢说出口。不过,我还是很喜欢跟众人焦点的她们两个一起玩。

"小满,我弟说他喜欢你哦。"

生平第一个说"喜欢"我的男生,就是律子的弟弟。律子的弟弟干也小我们两岁。虽然告白的对象是一个刚上小学一年级的男生,我却心头小鹿乱撞,害羞地摇头说:"骗人。明明就是优美子比较可爱,干也怎么会喜欢我?"

"他说因为你对他很好。你常常陪他玩嘛。"

听说他们姐弟吵架的时候,如果律子恐吓说"我要告诉小满哦",干也就会一下子乖乖听话。如果律子再逗他说"你喜欢人家,所以不晓得该怎么办吧",他就会认真动气。

的确,我们去律子家玩的时候,优美子和律子两个人玩在一起,有种不方便打扰的气氛时,我就会去找干也玩。我们会一起打游戏,或是去外头抓鳌虾或蝌蚪。

我们住的小镇不管去哪里,只要离开大马路,就是成片的稻田。在一片水和泥巴的气味中,撒下网子,就可以捞到一大堆鳌虾或者蝌蚪,好玩极了。蝌蚪摸起来黏黏滑滑的,用手指捏起来时的触感很舒服,也有很多小孩不敢摸,但我跟干也都不在乎。家里不许我养动物，但律子家很开明，不管是螯虾还是蝌蚪，都可以抓回家养上一阵子，观察它们的生长状态。她们家玄关摆满了五颜六色的水桶和脸盆。

"今天大丰收啦！如果这些螯虾全是龙虾，就可以做成一顿大餐了。"

律子的妈妈总是在家，她是家庭主妇，帮我们装了一桶又一桶的水。

律子家的檐廊对着我们上下学的路，从外面可以看见她家整个客厅。夏天的时候，窗户多半开着，几乎从不拉上窗帘。名副其实地完全开放，从外面可以看到律子的妈妈在凌乱的房间里烫衣服，还可以闻到她家星期六的午饭是秋刀鱼。

"噢，小满，你要回家啦？"

每天放学，律子的母亲都会从屋里对我打招呼。她个子娇小，体形微胖，不管何时看到都是穿着围裙的打扮，从来不化妆。她的头发跟律子不一样，是一头短发。

我的母亲可能因为是小学老师，个性不苟言笑，恋爱的话题也是，从小就禁止我谈论。但律子的母亲就会对我说："小满很受男生欢迎对不对？我家干也有好多情敌哦。"弄得我面红耳赤。我不习惯这种话题，不知道该如何回答。律子和优美子都笑了，但幸好她们的笑没有任何嘲讽的意思。所以在律子家玩耍，还有干也对我的好意，都让我觉得很惬意。

律子的母亲好像在家里做一些家庭代工。我也是在律子家第一次学到"家庭代工"这个词的。玄关和客厅堆了很多纸箱，装着不知道是什么机器的零件，上面密密麻麻地排列着绿色和金色线条的金属片。

我们在玩的时候，律子母亲就在旁边做工，看着她手中制造出细细白白的烟雾，电烙铁前端的银色块状物融化成液体并发出刺鼻的气味，我大为兴奋，赞叹："好厉害！"这要是我母亲，一定会说危险，不准我靠近，但律子的母亲却拿给我问："你要试试看吗？"

律子的家充满了热度和金属的气味，跟我家截然不同。

在北小，每年大家都会一起准备毕业成果展。毕业前，几个朋友分成一组制作版画或图画，留在学校做纪念。每届的六年级学生都这样做，而我们都怀着憧憬，看着他们的作品。

"做毕业作品的时候，我们跟小律的妈妈借电烙铁来做东西好吗？"

优美子说："我们三个人一组吧！"明明还是好几年以后

的事，优美子却邀请我一起加入。我松了一口气，开心地点头答应。毕业成果展是我们学校的大型活动之一，受到全校学生瞩目。落单而且一个人制作毕业作品的六年级学生，不是怪人就是没有朋友的人，总之非常凄凉。

"好哇，来我家做吧！"律子露齿笑道。

2

小学四年级有段时期，我们一直没去律子家玩。

她母亲好像不在家，放学路上看到她家的檐廊窗户紧闭，白天也拉上了蕾丝窗帘。我很在意，却没有详细追问。我还是会跟律子还有她弟弟玩，但地点大多是附近的公园或神社，或是我和优美子家。

球类竞赛的练习开始了。

在我们住的县，小学四年级以上都要跟附近学校举行球赛。女生比迷你篮球，男生比足球。

"小律的迷你篮球打得很好，所以不觉得有什么吧。好羡慕呀。"运动神经不好的我说。

结果律子表情有些阴沉地说："我讨厌球赛。"

"为什么？"

"就是不喜欢。"

体育不好的学生装病不参赛是常有的事，但我没想到律子会这么说，意外极了。然后球类竞赛那天，律子真的缺席没来，听说是感冒了。

优美子和我没有在学校说出律子讨厌球赛的事，万一被别人以为她是装病没来就糟了。与其说是自发性地想要庇护律子，倒不如说我害怕打律子的小报告，会遭到律子和优美子唾弃。

一段日子后，律子家檐廊的窗户打开，又回到从前那样可以在放学的路上看到律子家里的情形了。隔了好久再去律子家玩的时候，客厅的榻榻米上躺着一个婴儿。

婴儿睡得香甜，但他那娇小、脆弱且清澈的样子与律子家格格不入。

"这是你们家的小孩吗？"

"不是啦。"

律子的母亲从里面出来对我们说。

"是亲戚的小孩。"

"哦。"

我和优美子被允许触摸婴儿的手或抱他。从此以后，不管何时去玩，那个婴儿都在律子家，不是律子的母亲背着，就是律子或弟弟干也熟练地哄着。其他同学去律子家玩时，也都听说那个婴儿是"别人家的小孩"。

"听说律子家有婴儿寄养在那里。"

我在自家餐桌上提到这件事，结果换来母亲纳闷的回答："那是律子的弟弟吧？我在超市碰到律子的妈妈，她这样跟我说的。"

我满头雾水，怎么可能？但除了我以外，也有许多同学从父母那里听到了同样的事。

"那是你弟弟吗？"

几个同学向律子确认，律子犹豫了一下，但还是"嗯"了一声，点头承认了。

"我妈说很丢脸，叫我不要说出去。"

当时我们才刚开始接受性教育，听到被形容为"很丢脸"，我们突然尴尬起来了。

我从来没有想过大人会撒谎，而且一边对小孩子撒谎，另一边却又满不在乎地对其他大人说实话，这让我觉得怪恐怖的。

律子家跟我家果然不一样。

3

"小律她妈妈是个小偷。"

耳语般的流言从律子家附近传开了。

当时我们已经升上小学五年级了。

大部分的悄悄话我们都已经习惯了,而且我们的"秘密"就像不成文的规定一样,理所当然是共享的。毕竟一个年级只有一个班。谁的爸妈离婚了,班上谁跟谁接吻了,这些事到头来也都仿佛不吐不快似的被众人摊开来谈论。

树里把我叫去阳台,听到她说出"小偷"这两个字时,我傻住了。

我想到的是卡通《海螺小姐》[1]里面登场那个头上裹着布、背着螺旋花纹包袱的盗贼。如果不是那种模样,就是我跟父亲在电视上看到的结伙抢银行的帅气黑衣集团的样子。"小偷"对我而言是如此陌生,我只能做出这种想象。我觉得树里是在说笑。

"小偷?"

---

1 译注:长谷川町子的四格漫画,曾多次改编为动画及电视剧等,是日本代表性的国民漫画作品。

树里一本正经地点点头。

"你果然不知道。她们家附近传得可凶了。可是优美子跟小满家离得比较远,所以我想或许你们不知道。大家都说你们应该知道一下比较好。"

看样子在树里周遭,这已经是众所皆知的事实了。

我们小学所在的地区不是都会,但也不算偏乡僻壤,农地与住宅区划分得泾渭分明。背对着稻田的一区,周围没有很广阔的活动区域。许多人家没有围墙和大门,庭院的边界也很模糊,住宅之间的界线可以说是建立在默契之上。

"听说小律她妈妈会进附近人家偷东西。像我们班上的美贵家跟翔太家就被偷了。"

"你说偷东西,是偷钱吗?"

"废话。美贵家放在电视柜抽屉里的两千日元被偷了。"

两千日元对我们来说是一大笔钱。美贵家和翔太家我都去过,知道他们家的格局,也知道电视下面的柜子长什么样。我想象律子的母亲站在他们家客厅的画面,登时觉得怪异极了。

"听说大人们从去年开始就在传了。真矢妈妈好像交代她,要跟小律玩可以,可是不要让她到家里来,还说最好不要让她一个人待在房间里。"

"是她妈妈偷东西,又不是小律偷的。"

"万一她是去别人家预先勘察怎么办?"

刚才的怪异感又涌上心头。

勘察。

我知道那只是树里单方面的猜想,但我还是想象着我们一起玩的时候,律子趁着我不在偷偷打开我家抽屉和橱柜的场面。我太过鲜明地想象出她面无表情的模样,困惑起来。

树里提到的偷窃的事,内容如下:

律子的母亲会溜进邻家行窃。这一带的人出门时都不会锁上玄关门,农家就更不用说了。大部分的人在住宅附近有农地或稻田,所以都有一种"出去一下,马上就回来"的心态外出干农活儿。据说,律子的母亲就是趁这个机会溜进别人家的。

她偷的是现金和存折,失窃的现金数字多的甚至有好几万日元,不过大部分好像都是几千日元。她不像一般的小偷翻箱倒柜,而是只对目标范围内的柜子或文件盒下手,然后就是树里听到的,存折即使被偷了,好像也没有被盗领。

"怎么知道是小律的妈妈偷的?"

"被逮到现行了嘛,而且还不止一次。"树里答道,"她在偷东西的时候,那一户的人回来了。小律家隔壁的叔叔好几次生气地叫她不要再来了,可是她还是依然如此。"

"啊?!"

我忍不住叫出声来。

树里似乎被我惊讶的反应激励了。"美贵家也是哦。"她接着说。

"听说美贵的妈妈抓到人后,直接就把那两千日元给了小律的妈妈,叫她不要再来了。小律的妈妈在被抓包的时候忏悔,但没被抓到的时候就不承认。就算从人家家里走出来被附近邻居看到,她也说不是现行犯,不肯承认,让大家伤透了脑筋。不过听说逼问她以后,有时候存折会用邮寄的方式被送回来。"

树里装大人似的使用的词汇"现行犯",因为陌生,反而显得幼稚。我反射性地感到一阵嫌恶。

狭窄的阳台,薄薄的门板里面,律子正准备吃营养午餐。我们是同一组的。我不知道回到座位以后要用什么样的表情跟她一起吃午饭才好。

我盯着树里想,知道这些传闻的住在附近的同学和他们的父母,是用什么样的心情面对律子和她的家人的?五月的运动会,我看见他们坐在相邻的地垫上,满不在乎地与律子一家谈笑风生。

"报警了吗?"

"没有人报警。因为都是左邻右舍嘛,要是把事情闹大,不就太可怜了吗?"树里抬头挺胸,当场摇头说。

"都是左邻右舍嘛",这种口气让我觉得应该也是从大人那里学来的。

"听说小律她妈妈以前就是那样。"树里低低地说,"在以前的学校,也是因她妈妈偷人家东西,事情传开了,好像还报警了。最后她们只能待上一年左右,每年都得搬家。去年的球类竞赛,小律不是没来吗?"

"嗯,是啊。"我一阵心惊,点了点头。

"大概是不想碰到以前学校的同学吧。她好像换了非常多学校。"

"……不知道优美子知不知道这件事。"

我提起优美子的名字,就像渴望清净的空气。树里说的话,还有想象中的律子妈妈,让我快要窒息了。

"不清楚,不过我们打算找个人跟她说。"

"到时候可以找我一起吗?"

"可以呀。"

我想和优美子谈谈。我觉得可以好好地用自己的话和优美子说,而不是用从大人那里听来的话,因为跟我关系亲近的只有优美子一个人。

大家都喜欢优美子,或许他们想把律子从优美子身边拉开,所以想挑律子的毛病。嫉妒总算找到宣泄的出口,化成了锐利的尖刺攻击律子——我浮现出这样的念头。

溜进别人家是什么样的心情?我想起去年我家附近的笹山家把二代同堂的房子重新改建,母亲带我一起去参观的情形。我们看过客厅、浴室和厨房以后,被带去那一家念初中的男生书房,阿姨道歉地说:"小友,让我们看一下房间哦。"然后用一种对外人的客气声音介绍:"这种柜子很方便……"男生尴尬地把书摊开在桌上,头也不抬。阿姨说常有附近住户来参观,房间收拾得一尘不染,很整洁。"真棒。"母亲点点头说。我在旁边努力不去看那个男生,心里只想快点回家。

"对了,听说小律的爸爸在风月饭店工作,是负责给人铺床什么的。"树里又乘胜追击似的说。

我只能应道:"这样啊!"

回到教室,律子正在座位看书。她面无表情地低着头,瞪着打开的书页。我的心脏猛地一跳。她看也不看前面座位的我,低着头,嘴里偶尔小声嘀咕着什么,好像是在念书本的内容。

我忍不住移开视线。我觉得暴露了。平常律子不会在午餐前的这种时间看任何书，更不会像这样喃喃自语地读书。

我沉默着，去打菜区排队领自己的营养午餐。队伍都快结束了，还没领餐的只剩下我和树里。

律子以前也换过学校。

每次流言传开，她就转学。现在，在我们学校，流言也越传越广了，律子就快离开这里了吗？我们没办法一起毕业了吗？我们明明跟律子说好要借她母亲的电烙铁一起制作毕业作品的。

我又想起律子母亲的脸，还有她随口敷衍，谎称婴儿不是自己的孩子。明明迟早会被揭穿，那样瞒我们又有什么意义呢？我也不懂从美贵家偷来的两千日元能做什么，她就那么缺钱吗？

简直像小孩子。

我想起律子家前面水田里的泥。被搅得软烂的泥巴里，挤满了多到数不清的鳌虾。我想起它们的夹子和硬壳散发的泥土味，甚至好像听到了青蛙的呱呱声，忍不住作呕。午餐我几乎吃不下去。

4

隔天放学，律子回家以后，树里和几个女生叫我和优美子留在教室。我的背紧绷起来，心想终于来了。

她们在说的时候，我一直待在优美子旁边。我甚至打定主意万一有什么状况，就牵着她的手一起逃走。以前我们三个是最要好的，所以我觉得这是我的责任。

可是令在场每个人跌破眼镜的是，听完以后，优美子面不改色，只说了句"我知道"。

众人都愣住了看她："咦？"

优美子小巧的嘴唇在漂亮的脸蛋上微微噘起，点了点头说："我知道律子妈妈的事。我刚跟她变得要好的时候，我家也出过那种事，我妈妈和律子妈妈谈过了。我妈妈叫律子的妈妈不可以再做那种事。"

我哑然失声。

从昨天开始，就是一连串令人惊讶的事，然而这是其中最让人震惊的。优美子缓缓移动视线接着说："我早就知道了。"

然后她静静地站起来，瞥了我一眼。看到她眼神的瞬间，我为坐在这种地方的自己感到非常羞耻。我慌忙站起来，抓起书包，匆匆追上去。树里她们只是傻在那里，没有人追上来。

走出走廊，穿过玄关，直到来到水田的田埂前，优美子都没有说话。不久后，她低声地开口了："对不起。"

优美子终于转头看我了。她脸上浮现微微的笑意，令我松了一口气。

"我一直没跟你说，对不起。我一直想告诉你的。"

"没关系。"

原来优美子早就知道了。我大受打击，若说不在乎是骗人的，但总而言之，我比以前更加尊敬优美子了。她早在大家闹起来以前就知道这件事，却没有到处张扬。她现在还是律子的好朋友，跟律子的母亲也还照常说话。

"我妈妈说可以跟律子当朋友，没关系。"

优美子的母亲不愧是钢琴老师，气质优雅，可能是因为也教高中学生，说起话来直爽利落，帅气极了。而且她比我母亲要年轻许多，给人印象十分时髦。

"要来我家吗？"优美子问。我点点头："嗯。"

马路前就是律子家了。我无意识地祈祷檐廊的窗户是关着的。

从明天开始，像往常那样三个人一起回家吧——我下定决心。今天好像排挤律子似的和优美子两个人在一起，总觉得很内疚。

我尽量静悄悄地低着头经过屋子。律子或许也正躲着我们。我没有去确定檐廊的窗户是不是开着的，但屋子那里连平常总是可以听到的律子弟弟的声音都没听见。

这条路是几乎所有同学上下学的必经之路。大家聊的内容，屋子里一定听得到。树里她们也每天走这条路回家。

来到优美子家时，她的母亲端出冰果汁。她们两个好像在说什么，一会儿后才来客厅。我在摆着钢琴的凉爽房间里，手搁在膝头上，乖乖坐着等。

现在正好是没有钢琴课的时间，优美子的母亲要我和优美子坐在沙发上，自己坐在斜对面的钢琴椅上，然后慢慢地开口问我："小满，你已经来月经了吗？"

"还没有。"我吓了一跳，摇了摇头。我听说班上有些女生已经来了，可这是不好跟朋友当面谈论的话题。优美子的母亲静静地点头说："这样啊。"我看向在旁边默默吸果汁的优美子。优美子已经来月经了吗？优美子的个子比我矮，也比我瘦——律子呢？她个子很高，胸部也很大。

"我想律子的妈妈不是因为缺钱才那样做的。"

话题突然跳到律子的妈妈身上，我的胸口猛地一跳。这是我第一次听到大人提起律子家的问题。

"女人有的时候会突然变得暴躁易怒，等到你有生理期以后或许就会懂。不过有的时候，那是连自己都克制不了的。我想律子的妈妈就是这样。"

我想，当时我并没有立刻完全了解优美子母亲的意思。不过即使不懂，我还是可以记下来。事后我反复思量这天的事，每次玩味，都陷入一种不可思议的心情，甚至怀疑那真的是现实吗？深藏在心里的这段记忆，就好似一段白日梦。

这天，我好羡慕默默坐在母亲旁边的优美子，因为我没办法问自己的母亲这种问题。

班上同学父母的反应不一而足，但听说没有人积极带头把事情闹大。毕竟这是一所每个年级只有一个班的小学校。律子的弟弟班上一定也是同样的情形。听说这件事在家长会上也成为问题，老师们当然也都听说了。

不知道这件事受到多么严肃的讨论。关于什么人怎么样直接警告律子的母亲，也有诸多传闻，但真假扑朔迷离。我没听到律子母亲被警察抓走的消息，后来她也照样参加教学参观活动和运动会，也和其他家长亲密地聊天。每个人都表现出一副若无其事的态度，或许这就是大人。

而我们小孩子之间也是，一阵子以后，流言就平息下来了。虽然还是有人会在背地里说坏话，但这些声音也没入地下，没有人会肆无忌惮地说什么了。告诉我传闻的树里她们也继续和律子变得要好。我不知道大家私底下怎么想，但他们会这样，有两个理由：

第一，已经厌倦炒作这个话题了。

第二，毫无疑问，这是优美子的力量。因为班上学钢琴的同学大部分都是去优美子的母亲那里，所以他们会避免和优美子起冲突。更重要的是，优美子毅然的严正态度让人一下子失去了霸凌律子的念头。

5

到了六年级夏天，律子依然没有要转学的样子。我听说她在其他学校顶多待上一年就搬家了，但她在三年级的时候转到我们北小，后来一直念到了六年级。

第二学期开始，终于要着手制作毕业作品了。暑假有个作业，是要一起准备毕业成果展的同学决定好作品内容。律子的母亲已经不再做家庭代工，因此用电烙铁做东西的点子行不通了，但我决定和优美子、律子三个人用图画纸画一张大图。

暑假，我和母亲去了县政府所在的闹市区，我们看了电影、吃了饭、买了东西，快傍晚时才回家。

我在车库下车，一手提着装有新衣服的纸袋走到玄关。母亲在后面锁车子。

我注意到玄关的拉门没有关紧，门开了一条小缝，感觉那条细缝里是一片漆黑。

我有不好的预感。

母亲出门时锁门了吗？但出门时爷爷还在家，可他的小货车却不在门口，一定是去田里了。家里应该没人。

我抓住门扇，喀啦，喀啦，喀啦，门滑开了。

走廊尽头处有个浑圆的背影。一道冷风"咻"地穿过喉咙，我惊吓得太厉害，连叫都叫不出声来。黄色的围裙带子，短发，发福有赘肉的浑圆背影。律子的母亲注意到人的动静，回过头来。

不知道看过多少次，一如往常的律子母亲的脸，现在却像初次见到的陌生人一样痉挛着。这里是我家，是我家，不是律子家。阿姨在这里太奇怪了。

我慢了一拍，就要尖叫出声的时候，母亲从背后跑来，声音鞭策我似的飞上来："小满！把玄关关上！"

我吓了一跳，回过头去。母亲飞快地冲进来，眼睛紧盯着律子的母亲。律子的母亲也直直地看着我的母亲。母亲越过听到指示也动弹不得的我，自己动手关上玄关门——就像要把家里对外头隐藏起来似的。

律子的母亲面色苍白地杵在原地，手中握着几张钞票。她的眼睛就像忘了眨似的圆睁着，眼角阵阵抽动，嘴唇微微地颤抖着。

"小满。"母亲叫我，她弯下身让视线与我的高度一样，吩咐道，"去二楼你的房间。"我没有点头。

我发现了——原来母亲也早就知道了。她什么都没有告诉我，也没有提起，但是她早就知道了。

"叫你上楼去！"

律子的母亲用一种看不出喜怒哀乐的表情望着半空中，然后就像膝盖以下硬化了似的，身子一晃，笔直地坐倒在走廊上。我输给了母亲的厉喝，离开了现场。我咬紧下唇想着，怎么办？我看到了，怎么办？小律，怎么办？

即使上了二楼，我也不想进房间，一直从楼梯那里窥望楼下。可能是担心被我听见，大人的声音低得就像呢喃，尽管确实是在交谈,却完全听不清楚内容。

律子母亲的声音压得小而轻,话很少。几乎只有我母亲在说话。平常总是那么开朗活泼的律子母亲居然变得这么寡言沉默,这把我吓到了。

全是些令人不解的事。

平时在律子家聊天时,律子的母亲完全不是那样的。为什么我会觉得她突然变成了不可以攀谈的陌生人?不懂,不懂,我不懂。

一会儿后,我听见有人从玄关离开的声音。我急忙移动位置,从楼梯的窗户往外看。律子的母亲骑上自行车,依旧身穿围裙,两手空空,慢吞吞地骑过马路。

我看着她的背影,忽然疑惑,律子妈妈是要直接去买东西吗?

我家附近只有一家超市。我听说律子母亲没有汽车驾照,所以只能去那里买东西。那家超市有许多熟人会去,我母亲也会去那里,她们会碰面,到时她们彼此会是什么样的表情?过去她又是用什么样的表情面对优美子母亲、美贵母亲、翔太母亲的?附近的内田阿姨有时会去超市收银台帮忙,而且内田家的小孩跟干也是同学,所以内田阿姨应该也知道律子的母亲是小偷,那么她是用什么样的心情帮她结账的?

当作什么事都没发生过。

我们镇上的大人,当作什么事都没发生过。

我走下楼梯来到客厅,桌上摆着捏皱的钞票。母亲一脸疲惫地坐在前面。她发现我下来了,站起身,露出为难的笑,然后迅速把桌上的钱藏进自己的口袋里。

我听说美贵母亲抓律子母亲现行时,给了她两千日元,原来我家不这样做。

"妈,我听说小律的妈妈是小偷。"

过去我觉得好像会背叛律子,一直说不出口。可是,现在我觉得就是因为我不说,才会变成这样,所以无论如何都想说出来。母亲就像过去的优美子那样答道:"我知道。"

"妈妈在律子转学过来以前就听到这种传闻了。可是,律子跟她母亲的事没有关系。小满,你懂吧?"

"我可以继续跟小律当朋友吗?"

我咬着嘴唇,过了好久才问。

律子的母亲真的是小偷。虽然我一直听到这样的流言,但亲身经历过的打击却比想象中更大。我体会到我其实根本什么都不了解。为什么家里被闯空门的同学能够满不在乎地来上学?为什么他们可以满不在乎地跟律子还有她的母亲说话?

母亲是不是应该报警?可是这样一来,律子就再也待不下去了，她又得转学了。她们家还有小婴儿，报警的话，律子的母亲可能会被警察抓走，关进监狱，那么小婴儿怎么办？律子和干也怎么办？该怎么做才是对的？没有人告诉我正确答案。可是，这样是不对的。

母亲没有回答。我又问了一次："我可以继续跟小律当朋友吗？以后我还可以找她来我们家玩吗？"

母亲点点头："可以呀。"

母亲没有笑。我知道她也正在努力思考，然后回答。

"永远跟她做好朋友吧。"

隔天律子来我家了，干也也一起来了。

我不想出门，也不想跟任何人说话，所以关在家里躺在床上，一直盯着天花板看。

玄关门铃响了。爷爷在夏季每天都去下田，母亲也只有昨天休假，难得假日出游，却被傍晚的那件事给搞砸了。

我没有理会，结果听见外头传来"一、二、三"的吆喝声，然后两人齐声大喊："小满！"

我犹豫着要不要应门。我不想见律子，就用被子蒙住头当作没听见，但又改变了主意。律子一定也不想见到我，可她还是来了。

我爬起来，慢吞吞地走下楼梯。两人都在玄关前站得直挺挺的，罚站似的在等我。

我打开门，干也看到我的脸，立刻露出松了一口气的表情。可是律子的脸绷得紧紧的，而且红彤彤的。脸颊和额头看起来都因为紧张而僵硬了。两人的额头都布满了豆大的汗珠。

蝉在叫。

"对不起！"律子低头道歉。

她的腰完美地弯曲到近九十度。她脸上掉落的泪珠就像要画出水点似的不断滴落到玄关前干燥得要扬起尘土的地面上。

干也不安地看着他姐姐和我。

律子那宛如面对外人的态度击垮了我。多么郑重其事的"对不起"，那是只在向大人道歉的时候才会用的生疏语调。

看到我没反应，干也哇哇大哭起来。

我深深地吸了一口气，问律子："你……都是像这样跟人家道歉吗？"

"没有。因为是小满……"

律子垂着头，维持着相同的姿势，肩膀开始颤抖。泪水，还有随着话语一同从口中流出的唾液及鼻水弄脏了玄关的地面。

"小满，对不起！"

干也一直号啕大哭个不停。我感觉得出律子正咬紧牙关，忍住不崩溃大哭。

如果律子也像干也那么小就好了。如果我也小得可以什么都不懂，只管哭泣就好了。可是我流不出眼泪。

我和律子就这样僵硬地待在玄关，不知如何是好。不管大人还是小孩都好，如果能选边站就轻松了。

"没关系。"我喃喃道。

我累了。

律子抬头，哭着说："对不起。"

我们已经约好下星期要跟优美子一起去买画毕业作品的颜料。

我应该也会当作没这回事。虽然还不是大人，但我已经明白了。

6

我们去站前的南小附近买颜料。

花了三十分钟骑上坡道，我们总算来到有卖文具的大书店。到达目的地的时候浑身是汗，书店里的凉爽空气让我们感叹不已。我们吵吵闹闹地进店里，店员立刻用一种不耐烦的眼神看我们。我们很紧张，因为这是我们第一次没有大人带，自己来到这么远的店，可是今天我们有父母给我们的钱。我们紧握着可以光明正大买文具的钱，一点都不觉得局促不安。

"除了颜料，也买点别的东西吧。"优美子说。

这里不管是漫画、杂志，还是可爱的信封信纸、自动笔，什么都有。最棒的是没有大人盯着，今天只有我们自己。我有点兴奋。我们在店里去逛各自想逛的区域。

我大略看了一下可以翻阅的杂志后，想要去其他区物色卡通自动笔和垫板。

我看到律子一个人的背影在那里。优美子不在旁边。

律子的背影。

平时她总是个子高挺，抬头挺胸，现在却弯腰驼背，蜷着身子。我想起了打开自家玄关门时看到的律子母亲的背影，律子现在明明没有黄色围裙带子，她们的影像却重叠在一起了。

我无法移开视线。

不行。

脚僵住了。

律子的手无声无息地朝自己的裙子移动，若无其事地，就好像不小心手滑了一下。我知道她正努力佯装没什么，手却紧紧地攥着。

"……小律。"

我出声，瞬间律子回头，同时弯曲的指间掉下一小块星星形状的橡皮擦。律子焦急地盯住掉在地上的橡皮擦，她看到我，眼睛立刻睁得老大。

她的视线惊惶地游移。大概是在找优美子。

看到她那种眼神，我了解了，不是我误会了。掉在地上的橡皮擦，不管怎么看都不是多昂贵的东西。不是我们的零用钱买不起的贵重物品。

律子跟她母亲不一样。

我从来没有听说过律子偷窃的流言。我走过去，捡起橡皮擦，对慌乱得近乎可怜的律子说："优美子大概在书本那个区。"

我不知道我这话是否能安慰她。律子的脸涨得比之前来我家道歉时更红，刚刚那种受惊的表情从脸上消失了。

我觉得够了。

"不行的。"

我递出手中的橡皮擦，律子别开视线，没有看我，也没有看橡皮擦。我递给她不是因为脏了，橡皮擦还包着塑胶膜，还可以卖，而是这已经是律子的东西了，我不能把它放回货架上。

"去付钱。"

我再也不能也不想当作什么事也没发生过。如果现在目睹这一幕的人不是我，而是成熟又温柔、宛如天使的优美子，她会怎么做？如果是优美子的母亲，或是我的母亲……

我把橡皮擦塞进杵在原地的律子掌心。

我实在无法厘清自己的情绪，然而确实有一股无法原谅的心情。

我找到优美子，说我先回去了。优美子吓了一跳。我不知道律子要怎么蒙混过去，但我什么都不想说。我不想再扯进这事了。

我不知道自己是怎么回到家的，去的时候费了那么大劲，返程却一眨眼就到家了。

我骑着自行车，迎着风，感觉悲伤难过，却也感觉到一阵神清气爽。我记得很清楚，有一瞬间我朝着眼前的太阳，举起手掌嚷嚷着冲下坡道。

一直到毕业，我都没有再和律子好好地说过话。虽然不到绝交的程度，但确实是疏远了，我再也没有和律子及优美子三个人一起玩过。律子和干也没有再到我家来。毕业成果展我加入了树里她们那一组。律子和优美子的毕业作品做的是版画，那天一起去书店买的图画纸和颜料最后都没有用到。

律子和我们一起毕业了。一直到最后，她都待在仁志野北小。

我以为初中她也会一起上公立学校，结果国小毕业成了一个分界点，她和弟弟一起搬到其他学区了。听说她在初中又以一年为单位，不停地转学。

没有被报警的小偷。

在仁志野町没闹出大事地度过的三年，究竟算是什么？我依然无法做出是好是坏的评价，只能说曾经有过这样一段往事。

7

上了高中以后，我跟一个据说和律子念过同一所中学的女生同班。她说她现在也跟律子很要好，偶尔还会碰面。

听说律子跨学区去念其他镇上的学校了。我们为了准备考试，放学后也留下来复习，然后回家的路上，常在快餐店前面看到一些女生跟男生一起玩闹，就是那些穿不同制服的学校——我心想。

"律子应该会去东京吧。"同学说，"她好像常去东京玩，上次还说她上了杂志的街头时尚快照单元。她应该会去那边的短大或是专科学校吧。长得可爱的女生真好。"

"这样啊。"

同学所描述的律子，一样头发长长的、注重打扮、喜欢唱歌，这些特征跟我所知道的律子是一样的。聊到律子时，同学一次也没提到过"小偷"这个字眼。

有一天，我在校门旁边看到律子，不禁怔在了原地。

她看起来像是在等朋友，正拿着镶有莱茵石的镜子整理刘海，乌黑亮丽的黑发比记忆中的更长，她一个人穿着与众不同的制服，引人注目，却显得落落大方。

"小律！"——我差点忍不住叫出声来。

可是那一瞬间，单方面决裂似的离开她的记忆在脑海中复苏，阻止了我就要跨出去的脚。心情变得复杂。她在等的大概是我同学。律子如果知道她现在的朋友跟我有关系，应该会觉得不舒服吧。

我还是回学校好了——我就要折回去的时候，律子从镜中抬起头来，我们四目相接了。

毫无心理准备地，彼此的嘴巴"啊"地张开了。即使如此，我应该还是可以背过身去的，然而注意到时，我却已经叫出声来了——"律子。"

我以为律子一定会困窘地低头，或是像陌生人那样点点头。然而我想错了。

她大大的眼睛表面微微地摇晃，"欸、呃……"，然后她为难地微笑。尴尬地，也像害臊地笑。

"等一下哦。"

她的视线在空中游移了几秒钟。

我发现她是想不起我的名字。她的头求助似的歪向一边，嘴唇或许是抹了唇膏，反射出淡红色的光泽。

"你是优美子的朋友，对吧？"

一会儿后听到的回应，那样的说法让我猜出她跟优美子大概还有联络。我不知道该如何反应才好，怀着一种悬在半空的心情，用沙哑的声音点点头说："嗯。"嘴唇好干。

律子又说了起来："以前你跟树里她们是好朋友，对吧？好怀念哦。"

说着说着，我的同学来了。"让你久等了！"同学轻快地说。

律子的脸一下子笑开："怎么那么慢！"

临走的时候，她向我道别说再见，可是直到最后都没有叫我的名字。

律子与她的朋友边聊天边离开了。她的背影看不出过去的紧张。我想起小学四年级她球赛请假的事，还有那时候苦恼万分地紧绷的肩膀。

我觉得应该还有什么事要告诉逐渐远离的她，可是我发现没有什么可以说的，我用力咬紧了下唇。的确，我已经不再是她的朋友了。即使过去她就像对大人道歉那样，嘴里说着对不起，在我面前潸然泪下。

夏日，在如今已成空屋的律子家前面的水田嗅到的泥土气味，忽然掠过鼻头又消失。

石蕗南地区的纵火

1

"起火原因不明，是一场神秘的火灾哦。"

早上，刚踏进办公室，就听见行政课长兴奋的声音，我克制住想立刻把脸转向那里加入话题的冲动，打了个招呼："大家早。"不怎么宽敞的办公室右边，会客沙发旁有一片地方用屏风隔开，热水壶放在那里以免被客人看到，而更换热水壶的热水，就是我每天早上的第一项工作。

"笙子，这里是不是你老家附近呀？"

我就要往茶水间走去的时候被叫住了，课长摊开报纸让我看，内容应该跟我今早看到的一样。

"课长说的是值勤所的火灾吗？"

"对，电视也在播。可是消防团居然失火，这可不是自砸招牌而已。而且，起火原因不明。笙子，我记得你老家在石蕗町南边，对吧？大家都在讨论是不是你家附近呢。"

"不只是近，那个值勤所的神社就在我家对面。"

"真的假的？"课长和几名职员睁圆了眼睛，口气变得担忧起来。

"你一定很担心你妈妈吧？打电话问候过了吗？"

"她先打电话来了。火势好像相当猛烈。听说我爸跟附近的人昨晚也都去帮忙救火，几乎整晚没睡。"

"你家没事吧？万一被波及，那可不是闹着玩的。"

"我家没事。不过从电话里听着，我妈似乎相当惊慌，所以我打算今天回家一趟看看。"

上班铃声还没响，办公室里还不见局长和主管人员的人影。

"今天应该会去进行现场调查。"行政课长想了一下说，"等下跟出纳部门说一声，灾害慰问金一万日元。请他们像平常那样准备好现金。"

"好的。"

我手里一直提着昨天水没喝完的水壶，酸得要命。我来到走廊，凉鞋鞋跟敲出夸张的声音。

短大一毕业，我就入职现在的公司，今年已经第十六年了。自从工作到第十一年惊觉光阴流逝之迅速以后，过去从没意识到的工龄和年龄开始在每年异样鲜明地刻进脑袋里。工龄加上二十，就是我的年龄。

三十六岁。

这个职场作风老旧、短大出身的女生，即使是正职员工，只要结婚，就会被迫离职，而我现在还在这里工作。

"财团法人町村公共互助会地方分部"，一长串全是汉字的名称，一开始我迟迟记不住。需要的文件只要盖上橡皮章就行了，用不着手写确认，也因为这样，虽然是自己的工作职责，我却到现在都还会一时忘记是"公共"在前面，还是"互助"在前面。

工作业务主要是町村持有的建筑物及车辆、公共物件的保险事务。工作上对接的是在政府机关或町村公共设施工作的公务员。保险对象则是町村机关的办公室、公立学校及设施，还有这些地方各自持有的公务车。以县为单位设置的每一个地方分部，会在这些保险物遭逢灾害及意外时支付互助金。

"笙子姐，早安。"

我在茶水间把刚煮开的热水倒进热水壶的时候，朋绘过来了。她是去年刚进来的临时职员，年纪比我小了近十岁。体检一起量身高体重时，她的数字跟我一模一样，我俩为此聊了一阵，但我们体形完全不同，穿上同样的制服，差异更是明显。看到朋绘小巧的脸蛋，还有时下年轻苗条的女孩在高高的位置收紧的腰部，我就忍不住疑惑起自己最近开始变得松垮的"蝴蝶袖"肉是不是长错地方了。

"早啊，小朋。"

"局长刚到，正在聊火灾的事呢。听说地点就在笙子姐的老家附近？"

"嗯。"

"课长好像打电话跟对方说现在要过去，笙子姐也要一起去吗？"

"应该吧。我要跟去现场拍个照。"

"这样呀，真好。可以被消防团的年轻小伙子包围，我也好想去。"

"小朋。"我责备似的瞪朋绘。

"可是，"她耸耸肩说，"笙子姐要当心点哟，你很受男生欢迎嘛。还有，火灾现场不是很臭吗？最好在制服外面披件夹克。上次你去现场,回来的时候不是也浑身沾满了臭味吗?"

"嗯。"

去年夏天,县南端的村子托儿所发生小火灾时,我第一次去了现场。遇上风灾、水灾或恶作剧造成窗玻璃破损,申请互助金的时候,申请人只要附上照片就行了,但火灾就没这么简单了。因为火灾发放的互助金金额很大,名目上也需要实地调查,因此必须派职员过去。这里几乎每天都会收到来自町村的灾害报告和申请文件,但火灾一年只有一件左右。

上次的托儿所仓库,是因为举行烟火大会没有妥当管理火源而引发火灾。幸好没有造成伤亡。

"这次的火灾原因不明,对吧?好可怕呀。"

朋绘想要接过我手中的热水壶。

"没关系,我自己拿。"我婉拒道。

"笙子姐,你快去准备吧。"朋绘摇摇头说,"居然在消防团的值勤所纵火,真讽刺。幸好没人受伤。"

"还不一定就是纵火吧?"

"一定是纵火啊。起火原因不明的时候,九成都是纵火。"朋绘一口咬定,接着又说,"啊,这么说来……"

"怎么了？"

"笙子姐老家那边的消防团，不就是上次那群人吗？就是今年年初被拖去参加的那场联谊上的人。"

"是啊。"我点点头，一副这才想到的样子，"是有那么一回事。"

"哇，那我还是敬谢不敏好了，不羡慕。我好同情笙子姐啊。希望去联谊的那些人不会去现场。"

"没事，而且这是工作，没办法啊。"

我对抱住纤细的双肩做出起鸡皮疙瘩动作的朋绘苦笑。

"笙子，课长叫你。说一小时后出发。"办公室的男职员来叫我。

"好。"我趁机应声，向朋绘微微点头，"热水壶就麻烦你了。"

2

抵达现场刚下车的瞬间，我感觉全身都被火灾的臭味笼罩了。

那不是"焦煳"可以完全形容的，吸进去的空气就好像在鼻腔里面凝结成了煤块。我甚至误以为只是待在这里，听从朋绘的建议穿来的夹克就会被染得一片漆黑。

虽然建筑物的形状还在，但从门口和窗户看进去，里面一片漆黑，就好似黑洞。火源是在二楼平时团员聚会的房间。消防车停在值勤所外围，似乎是暂时从一楼的车库移开，因为有一半被烧得焦黑。

挂在二楼窗户旁的吊钟就像被泼上了墨汁。从我在老家的房间可以看到的那个吊钟，原本应该是深绿色的。以前我不知道在深夜被它的钟声吓醒过多少次。

"那是笙子的老家吗？真的就在正对面。"

"是的。"

课长指的那栋房子，中间隔着狭窄的马路，与现场相距不到十米。抬头望去，可以看到我以前住的二楼房间窗户。因为高度和值勤所几乎一样，团员经常出入，进入少女时期以后，我打开房间窗帘的次数便寥寥可数。即使如此，还是有一次，我从开了一条缝的窗帘间与经过二楼通道的一名团员对望了。从此以后，我就决定再也不看对面了，因为当时我正穿着睡衣。直至今日，我依然记得对方站在亮得近乎暴力的光下，尴尬地别开脸的那个瞬间。

我悟出我固然不想被人看见更衣的场面，但对方也不是爱看才看的。这是祖父母家的土地,我的父母在盖起这栋房子的时候,神社还很安静,值勤所在别的地方。后来值勤所迁到这里,从此以后我家周围就变得吵闹了。如果一开始就知道值勤所会迁来这里,我父母也不会把女儿的房间安排在那种位置吧。

"不好意思,我们是灾害互助会的员工。"

"好的,辛苦了。"

可能是事先知会过,现场一个上了年纪的男人走近课长。旁边几个人就像听到信号似的回头看这里,微微向我们点头致意。

警方好像已经勘验过现场了,但现场还有许多人在各忙各的。

"喂,那边的私人物品里面,如果知道是谁的东西就联络一下吧!"

远处传来一道格外洪亮的声音,回头望去,黑底印有白色"南"字的短大衣背影顿时映入眼帘。

异于消防员的橘色作业服,穿着衣摆镶红边短大衣的男人,是当地的消防团团员,也就是这个值勤所的火源责任者。

不同于消防署的消防员是因为职业而出动灭火,消防团主要是由当地的年轻人所组成的所谓的义工。他们平时从事各种不同的行业，有事的时候便出动协助救火。他们也经常被请去支援当地清扫工作或祭典等活动，很大一部分算是居住在同一地区的男性成员聚会喝酒的互助会。

我住在老家的时候，没有火灾的日子，值勤所的二楼窗户也多半是亮的，时不时传来麻将牌搅动的刺耳声响和下流没品的大笑声，还可以听到有人的手机响了以后，走出室外的人对疑似老婆的对象哀叹："他们还不肯放我回去。"听说朋绘兼差的陪酒服务，每个月会有一次被叫去消防团的酒席陪酒。朋绘因为白天在政府相关机构上班，不知道何时会碰上认识的人，所以都会向上头的妈妈桑说明，请假不去参加。

刚才的男人对疑似后辈的人更拉大了嗓门说："开去那边的消防车里面有人检查过了吗？放在二楼的预备钥匙呢？要好好收在一处管理，不要乱丢！"

"大林哥，可是那些都已经烧焦不能用了。"

"问题不在那里！"

男子以机敏干练的声音一一下达指示。

接到指示的一名团员注意到我们，微微行礼致意。踏入现场的女人只有我一个。那个年轻的团员讶异地看着格格不入的我，但只有指挥他们的那个年长的男人近乎顽固地背对着我和课长，绝对不肯回头。

我也别开脸去，不再看他。大林命令后辈整理现场的怒吼声依旧持续着。

听完负责人的说明，拍完照片以后，已经快要中午了。在巡视现场的时候，我好几次望向老家。我在想母亲会不会混在来看火灾现场的邻近居民之中，但没有看到她的人影。课长大概是注意到我的样子，开口说：

"已经中午了，你回家去看看吧。我自己在附近找地方随便吃点。一点过后，我们在车子那边会合，然后回办公室。如果你担心你母亲，下午请假也可以。"

"可以吗？"

"都这么晚了，而且照片也拍完了，之后我会请对方提出申请，没问题的。"

"谢谢课长。"——我道谢以后，听从课长的好意回家了。

一离开现场，短暂失灵的鼻子似乎又闻到了沾在外套上的臭味，我脱下外套用力甩了几下，图个安心，但感觉没法完全去掉臭味。

看到我回家，正好在吃午饭的母亲依然激动不已。

她扬声叫道："哎呀，小笙！"然后用早上讲电话时一样兴奋的语气说起昨晚的火灾。

"……总之那烟真是吓死人了，还烧到神社的树林去了，但森林居然没烧起来，我真是难以相信。"

"听说火源是在二楼？"

虽然我没有实际去过火源现场，但在烟雾缭绕的室内沉迷于打麻将的一群男人的模样还历历在目。即使有人乱丢烟蒂，引发火灾也不奇怪，可是母亲一口咬定说"纵火"，我不由得哆嗦了几下。

"听说这几天消防团没出动，没有人进去值勤所。啊，实在是……我怕都怕死了，这样让人怎么住得下去？最近有好多可疑人士呢。居然敢放火烧消防团，真是……"

"昨天那边的团员怎么样了？他们没办法拿出灭火器材吧？"我想起刚才看到的烧得焦黑的车库和水管说。

"可是他们很拼啊。"母亲答道，"他们用神社大水沟的水还有我们家的自来水，用传水桶的方式拼命灭火。还哭着道歉：'居然是消防团的建筑物起火，对不起大家。'他们一定很不甘心吧。今天早上他们又上门来道歉了。看那样子，应该是挨家挨户地都去道歉了。"

"这样啊。"

"好像整晚都没睡,一直在收拾现场。"

我想起那个穿着印着"南"字的短大衣的男人。

我觉得长时间住在同一个地区的人,这样做是理所当然的礼数,但似乎他们让我母亲感受到了十足的诚意。

"他们也真可怜呢。"母亲接着说,"道歉最诚恳的人啊,就是那个大林。"

母亲一面帮我盛饭,一面若无其事地说。我没有接话,默默地看着桌上母亲做的佃煮[1]和腌菜。老家隐约飘散着一股甜甜的食物的味道。我盯着好似泡过酱油的旧餐桌花纹看,母亲又说:

"他在机关工作,又是消防团里年纪最大的,所以特别自责吧。我觉得他人很不错,小笙,你觉得他怎么样?"

"……嗯。"

我故意几乎听不见地低应了一声,母亲把碗搁到我面前,便起身走去厨房。我问:"有味噌汤吗?"

即使知道我来了,也绝对不肯回头的大林的背影。然而指挥的声音却嘹亮得做作,精力十足。

---

[1] 译注:佃煮是将海鲜类加入砂糖、酱油等调味料炖煮而成的家常菜,因调味重而适合保存。

我讨厌那个人——这样的想法现在依旧不变。对着担心女儿身边完全没有男人影子的母亲，虽然是含糊其词，却泄露出大林曾经邀我去约会的事，这如今令我懊悔极了。那时我只是想让母亲明白，她的女儿作为一个女人还是有吸引力的。母亲说要帮我相亲找对象，我一时气愤，才会说漏了嘴。

为了追求变化，三十岁一到，我就一个人搬出去住了，对此，父母至今仍不表赞同。每次回老家我就会被问："你还没有对象吗？"这话令我厌烦。"看看你，一个人到了这把年纪，身边每个朋友都有家庭了，看你是要怎么办！"这种担心我也快受够了。就是因为讨厌他们这种态度，我才会搬出家里，父母却毫无自觉。

我记得说出大林的事时，母亲用一种还不赖的表情问："你说的是大林家那个在公家机关工作的儿子？"大林这个人再怎么恭维也称不上好男人。他头发稀疏，嘴唇肥厚，从下巴到脸颊是一片刮过胡子后的青色，虽然不胖，也不是骨瘦如柴，但全身的肉松松垮垮，即使隔着衣服，也看得出身材。

我告诉母亲后，得意只持续了短短一瞬间，几乎立刻感到一股自我作践般的罪恶感，赶紧结束了话题："他一直死缠烂打的，讨厌死了。"

每次母亲突然提起大林的名字，我心里就像被砂纸磨过似的，变得一片粗糙。

他明明半点都不吸引人，然而每当母亲表现出在大林身上找到价值的态度，我就忍不住心猿意马：我是不是做了什么可惜的事？或许那个男人还不错？——明明绝对没那种可能，我却觉得自己的价值每况愈下。

"对了，"母亲对从厨房出来的我说，"你爸之前的上司说要给你介绍对象……可是小笙你没兴趣，对吧？"

可能是怕我生气，母亲低声开口说。她不等抬头的我回话，匆匆接着说："爸妈是觉得都可以啦。可是介绍的人说他以前见过你，觉得你很漂亮，才想帮你介绍的。"

"我不要相亲。"

身边也有好几个朋友是相亲结婚的，可她们以前就是跟恋爱无缘的那种类型，也不怎么注重外表。而我从念书的时候就不断地被身边的人说"笙子很有男生缘，真好"，也曾在社团被两个受欢迎的学长争夺。这样的我居然需要通过相亲结婚，一想到要请朋友来参加婚宴就觉得尴尬。

这时，我听到了一句意想不到的话："那个人是注册会计师。"

咦？我眨眨眼睛看母亲。

"说是在邻町叔叔开的事务所帮忙。虽然还年轻，但已经是副社长了。"

"还年轻？几岁？"

"跟你同年。"

"……这样啊！"

"要看照片吗？"

"有照片吗？"

"有。"——母亲点点头，假装不怎么起劲，匆匆离开餐桌去里面的房间拿了。

我很明白跟事业有成的男人结婚会很辛苦，可是既然对方是注册会计师，至少应该是大学毕业，也不用担心调单位。是长男还是次男呢？既然是在叔叔的事务所工作，就不是老板的直系亲属了吧？

相亲认识这件事，只要婚事定下来，要怎么隐瞒都成。问题是照现在这样下去，我永远没有机会认识男人。

3

跟大林一起去横滨的事，我没有告诉任何人，甚至包括母亲。

今年年初，往来于单位的石蒉町公所的职员邀我去联谊，我没办法拒绝。

"有什么关系嘛，反正都是单身，大家一起联络联络感情嘛。"

那厚脸皮的说法叫人气愤，但想到今后也得在工作上继续打交道，也不能不给面子，我便问朋绘要不要一起去，她说："可以呀。"然后又喃喃说，"笙子姐太神经质啦！"

"换成我就拒绝了。笙子姐，你是不是想太多啦？用不着那么认真理他啊。"

"可是今后也会在工作上碰到呀。"

我是正职员工，跟朋绘不一样。只要我待在这里一天，不知何时会因为什么事与对方接触。我觉得不太高兴，但如果朋绘拒绝，我就没有其他人可以约去做伴了。

"不好意思，这次就好，可以陪我去吗？要选哪家店呢？最好是尽量不会碰到认识的人的地方，你知不知道哪家有包厢？还有，对方说两边的负责人要联络，叫我告诉他手机号码。"

"哎哟，告诉他工作的电子信箱就好啦。"

说着说着，朋绘的声音明显变得不耐烦。"可是对方都告诉我们手机了。"我说。但她很冷淡："不用理他啦。"我想要圆滑地应对，朋绘却完全不肯为我着想，让我一阵恼火。

朋绘常说我"很得男人欢心""温柔婉约，是公务员最想娶回家的第一候补"。

起初听到她这种说法时，我以为她是在抬举我，但那其实大概是在贬低我，因为我看起来很乖巧，会任由男人摆布——别瞧不起人了，事实上，我这人个性刚烈，也痛恨被人踩在脚下。

没办法轻易拒绝别人的要求或邀约，这是礼貌问题，我只是在常识范围内回应对方罢了。奇怪的是那些乘虚而入、不知礼貌的家伙，为什么我态度诚恳反而要被那些人搞到觉得吃亏了呢？

大林的事是最极端的一个例子。

与石蹨町公所的酒席，说是联谊，根本是虚有其名，其实就是他们的发泄大会。他们那边是以单身年轻人为主的例行聚餐，我们等于是被找去作陪的客人，找我去的互助业务男负责人对于他找到女人来参加这件事显得扬扬得意。

相对于我们单位这边只有两个女的，他们那边男人有十来个吧。每个人都是公家机关的员工，部门都不一样。大林在他们当中是年纪最大的一个，任职于自来水课。

大林，今年三十八岁，刚跟镇上建设公司老板的女儿相亲失败。不过好像是大林拒绝的，后辈说："那个女生那么可爱，拒绝不是太可惜了吗？而且对方的父亲好像很想促成这门亲事。"

"别说傻话了。"大林回道，"你觉得我在建设课的时候被他们家关照过多少？而且对方的哥哥是我同学，要是娶了关系那么密切的人，绝对要吃苦的。"

我内心禁不住讶异。我以为大林是个毫无魅力可言的穷酸男，原来他也不是完全没有女人缘啊。只要后辈叫他，他便会开心地应声，滔滔不绝地谈论自己的工作和家庭。虽然不是普世价值观中的好男人，但在这里似乎是受后辈尊敬的人。

他们也提到了消防团的事。

或许是因为公家单位职员的立场，在场大半的人都隶属于消防团，在说今年的开工仪式怎么样，去年的旅行是第一次出国，去了韩国，当时喝过头了，谁出了怎么样的糗……就像这样，他们滑稽逗趣地接连谈论自己人的话题。

"火灾真的很可怕，千万要小心啊。一把火就能烧光一切。"

酒席到一半时，大林做了很有消防团风格的发言。

"像照片什么的，连回忆都会被烧个精光，什么都不留。"

"去年在一个现场找到戒指了，那真是不幸中的大幸。喏，就河流下游的老婆婆家。大林哥说要帮忙……"

"是啊，虽然费了好一番功夫。"

听说独居老妇的家被付之一炬，灭火活动结束后，消防团也留下来，众人一起在现场帮忙寻找有老妇珍贵回忆的金戒指。当时是工作日早上，他们甚至延后了上班时间，陪着老妇寻找。找到戒指时，老妇放声大哭，再三道谢。

"哇！真是感人！我好感动啊！你们真是太帅了！"不知道是不是兼差训练出来的，朋绘老练地感叹说。

"也没什么啦，毕竟我们都认识那个老婆婆嘛。"这个害羞微笑的年轻男人看起来颇为得意。

大林突然坐到我旁边，问我家住哪儿、多大年龄。这是个小镇，就算隐瞒也马上就会知道。我坦白说出老家就在消防团值勤所对面，这似乎令他顿时感到亲近——我没有说出因为值勤所就在对面，让我度过了多么难堪的少女时期，还有那也是我搬离老家的原因之一。

大林说他喜欢《浴火赤子情》这部电影，主角是消防员，故事描写了一群投身正义的男子汉舍命追捕威胁小镇和平的纵火犯。大林热烈地诉说他在学生时期看了这部影片后心生憧憬，一直想加入那样的硬汉团体。

反正没有第二次了——我怀着这种想法效法朋绘，说了一些让对方开心的话。就算现在没有直接的关系，或许哪天会在工作上碰到，而且我老家就在附近，如果冷漠相待，万一起摩擦就不好了。

大林亮出他的手机给我看，屏保是他家养的猫。"好可爱呀！"我说。他更开心了，让我看了好几张照片。其实自从小时候被大型犬扑倒以后，不管是猫还是狗，我都很害怕。每次去养宠物的人家玩，那种动物的臭味总是令我毛骨悚然，我完全无法理解人怎么能生活在那种臭味中。

我说我因为进了可以从老家直升的短大，所以从来没有离开县外，大林便说他大学念的是横滨的学校。他说他是新年的长距离接力赛跑中常听到名字的某私立大学毕业的。

"横滨吗？真想去看看。"我反射性地附和。

我确实很喜欢横滨，念短大的时候，我和朋友不惜砸钱订了还不错的酒店，一起去参观红砖仓库和外国人墓地。从移动的电车中看到港未来站的摩天轮灯光浪漫极了，游乐园灯光会出现在都会之中简直时髦到了极点。

"下次我们这群人一道去吧。我可以当导游，我知道中华街很多好吃的餐厅。"

"真的吗？一定呀！"

我回以社交辞令，没想到大林立刻拿出手机，递出趴睡猫咪的屏幕画面说："告诉我手机号码跟电子信箱。"我望向朋绘求救，但她跟别的男人聊得正开心，没有看我这里。一个穿作业服的男人正在为她倒啤酒。

"我的电子信箱很难记。"

"那你知道怎么用红外线传输吗？"

"我知道怎么接收，可是不会传送。你可以教我，我再传给你。"

我不想被人看到我们交换手机号码的样子。大家都喝醉了，对我们毫不关心，这对我而言是唯一的救赎。我接收了大林的电话号码和电子信箱，把手机收进皮包的时候，大林叮嘱说："一定要联络哦。我等你。"他还故意小声、佯装轻描淡写地对我低喃，光是这样，我就觉得疲惫万分，压力极大。

回程的车中，朋绘用爽脆的声音说："真无聊的联谊。"

"嗯，谢谢你陪我来。"我微笑着道谢，其实很想找她商量不小心拿到大林的电子信箱，还有接下来非回信不可的事。

可是我不甘心又被她当成傻瓜看。每次被她批评我太认真、太软弱，我都想回嘴，说"才不是那样"。我只是想要合宜适度地处理。我只是不想被人当成不知礼数的女人。今天喝酒的账单全是男人付的，既然人家都请客了，我也不能不知感恩。

我想了篇冷漠又简短的内容回复大林，尽量让对方看出我没那个意思。因为好像会带给对方希望，所以我不敢立刻回信，但其实我好想快点回信了结这件事。不过我还是等了三天才发短信给大林。

"上次多谢你们招待。今后如果有机会在公事上碰面，还请多多关照。"

我没有使用笑脸图案，也不忘加入"公事"两个字。我以为这样就可以结束了，没想到一下子就接到了回信。

"上次喝得很开心。我们都是当地人，而且也都喜欢横滨和猫，共同点这么多，真令人吃惊！下次要不要好好一起去吃顿饭？市内有家叫橡实屋的牛排馆，很好吃哦。上次你好像是开车去的，所以没喝酒，但其实你也可以喝，对吧？跟我说一声的话，我可以开车去接你。回程的时候车子请代驾开就行了。自从查酒驾变严以后，代驾就变得很便宜了。到我家大概只要三千日元而已，你不用放在心上。"

我拿手机的手无力了。

看这样子,又非得回信不可了。这人怎么迟钝成这样?我愤恨地想,这次也隔了一天以上,写了更简短的回信:

"我每天都工作到很晚,没办法跟你去吃饭。对不起。"

"不用客气啦!等你有时间,什么时候都可以,有空的当天也行,打电话给我吧。如果我正好在忙,会直接跟你说的。周末有空吗?我随时都能带你参观横滨哦。"

还附了一张猫的照片。

底下铺的毯子起了一堆毛球,沾满白色的猫毛,肮脏的细节看得一清二楚,令我无法直视。我合上手机,心想这种内容不用回信也行,放下心来。

可是过了一阵子,明明我没有联络,对方却又发来消息。又附了猫的照片,但跟上次的不一样。

"其实今天是我家'小空'的生日。小空是无人期盼出生的小猫,生日就是我把它捡回家的日子,当时它不停地发抖。今天应该也不会有人为它庆生,不过如果你愿意,当你今天有机会看到天空的时候,请对着天空给它说声'生日快乐'好吗?我捡到它的日子,也是今天这样的大好晴天。"

没女人缘的男人为什么老爱发些猫猫狗狗的照片呢?

女人只要看到小动物或小孩子,就非得无条件地称赞

"好可爱"吗？我不喜欢小孩。每次去结了婚的朋友家玩，看到在旁边吵闹的小孩就觉得烦死了。如果说出口，会被视为冷血的家伙受到责备，所以我绝对不会说出口，但其实我真的受不了。

大林发来的短信后来也都是那个样子，我不知道多少次想要找朋绘商量。

我也想过完全不要回信算了，但邀我去联谊的石蒜町的互助业务负责人现在也频繁地出入事务所，我不确定大林有没有告诉他我的事，但我没办法完全忽视大林。因为大林不一定会在哪一天调到互助部门，在公事上往来。我就像回最早邀请吃饭的信那样，只对明确期待我回复的回以最简短的内容。

在工作上犯错或是心情疲倦时，我也会偶尔地想起大林的脸。事实上只见过一次的大林相貌平凡，即使试着去回想，印象也不是那么清楚。有时候我也会好似怀抱着希望，要自己相信或许大林的相貌没有那么不堪入目。

我期待他邀我去横滨的短信会越来越低调，没想到一反预期，他的攻势日趋猛烈。我只是不想当一个没礼貌的人，然而对方那种见缝插针、得寸进尺的态度快让我崩溃了。

我之所以会答应他的邀约，是因为我想把这没完没了的状况做一个了结,还想再确定一次只有依稀印象的大林的相貌,好好看清我和他今后究竟有没有交往的可能。

4

看到在会合地点现身的大林,我已经开始后悔了。

"好久不见!"

他举手的动作很笨拙,身上的毛衣胸口不知为何印着大大的"Lemon"——不是任何品牌名称,只是意义不明的英文单词。如果没打扮或许还好,不过大林的长相跟第一次见面时比起来,不好也不坏。看到他的脸一眼,我登时全想了起来:没错,他就是这副模样。

我们直接在横滨车站会合。我谎称前天去横滨找嫁去那里的朋友。因为要和大林一起兜风那么长的一段路,实在令人却步,而且又是在平常活动的范围,说不定会被谁看到。

"我们走吧。"

才一见面,他就跨步走了出去。在短信里话那么多,实际见面,却连正眼也不瞧我一眼。难得大好假日,为什么我却要坐电车大老远跑来这种地方?看到大林那体态丑恶的穷酸背影，我忽然觉得自己遭到极不合理的对待，不晓得该往哪里发泄这股怨气才好。

大林好像是开车来横滨的。他说他把车子停在一个廉价停车场，工作以后每次来横滨都会光顾那里。

"那里距离市中心很远，再回去开车很麻烦。而且，在横滨市内，坐电车或公交车比较方便。"

"这样啊。"

我住在乡下，平常几乎不会坐公交车。一想到大林这种一把年纪的男人抓着电车里的吊环摇晃的景象，我就觉得古怪到家了。不过，跟他一起兜风的画面更令我抗拒。

因为是假日，所以前往中华街的电车十分拥挤。

"住在乡下真的很麻烦。一过三十岁，连邻居都要来管你的闲事。"

我和大林抓着吊环站在一起，大林径自说了起来。

"我妈说附近的老奶奶、老爷爷来问，说你们家的儿子既然在公家机关上班，应该也不差，却一直没结婚，是不是身体有什么毛病？这事还传开了。真是的，开什么玩笑嘛。乡下就是这样。"

大林笑着说，我点头应声："哦。"如果这是事实，我也不晓得被附近的街坊邻居传得有多难听，一点都笑不出来。

"我们那里的消防团也是，几乎每个人都结婚了，要不然就是离过婚的。从没结过婚的就剩下我一个。以前大家都说我应该是第一个成家的人，世事真是难料。每次有人结婚就会办婚宴或婚礼，然后我们消防团表演余兴节目，我总是帮忙庆祝的那个。晚辈都吵着叫我快点让他们祝贺，可是唯独这档子事啊……"

可能是随着时间过去，大林找回了自己的步调，他开始变得絮烦。我敷衍地应和他那让人听了都觉得丢脸的大剌剌说辞。但是不管再怎么后悔，今天一整天都得和他度过不可。

"余兴节目都表演些什么？"

"这在女性面前不好说，不过有个叫'新娘检查'的，这可能是消防团才有的闹场活动吧，就是评论新娘身材姣好、腰扭起来特别带劲、新郎如何等，几乎都成黄色笑话了。"

那歪笑的嘴巴让我浑身起满鸡皮疙瘩，乡下男人的余兴节目都很没水平，我在以前参加的各种婚宴中早就见识过了，实在不该特地再问一遍。嘴上说什么在女性面前不好说，却夸耀似的谈论同伴之间的亲密情况，让人吃不消。或许他自以为是在展现懂幽默的一面。

挑人毛病也只会扫兴，但我又没办法像朋绘那样，兴奋地嚷嚷着一起欢笑。我沉默不语，结果他终于道歉说："啊，失礼了，抱歉。"但语气轻浮，一点都感觉不出内疚的样子。

一起站在拥挤的车厢里，我看见大林从毛衣里露出来的手背布满了浓密的一层汗毛。在那么近的距离，看到"画"在上头似的清楚皱纹及肮脏的皮肤，我觉得站在旁边的自己凄惨极了。

途中的车站有人上下车，两个女生站到我们身后。她们大概比朋绘年轻一些，学生样貌，打扮入时，手里抓着吊环，一个正用吸管吸着有星巴克图案的饮料。

我漫不经心地看着热络聊天的她们，就要再次转向另一边时，大林突然发话了。他在她们背后出声说："同学，饮料可以拿好吗？万一泼出来就糟糕了。在车厢内饮食，就不跟你们计较了。"

"什么？"

我吓了一跳，女生们更是吃惊。大林鼻息粗重，声音有些兴奋沙哑。透明的塑料杯里，冰块和液体加起来还不到一半。

"啊，好。对不起……"

半晌后两人应声，但那声音怎么听都不是在反省，而是想要避免跟这个人扯上关系。

大林满意地点点头，默默地离开她们身后，回到我旁边，半带叹息地说："我看到这种事情就没办法袖手旁观。"

我觉得脸都要烧起来了。回头一看，她们其中一个瞥了这里一眼，皱起眉头。我急忙垂下头去。接下来，甚至不用看也知道，我可以一清二楚地想象她们正一脸不快地交头接耳："才剩这么一点点，最好是会泼出来。"

车厢里的视线显然集中在我们身上。大林不仅毫不介意，反倒是志得意满，惺惺作态地向我转移话题问："对了，你有什么想去的地方吗？"

我把肩膀缩得小小的，低垂着头，不晓得第几次被深切的后悔灼烧着：我怎么会答应他的邀约？现在还是去程的电车，我就已经想回去了。好想快点抵达目的地。

下一站，又有人下车了。

"坐吧。"大林催促，在前面的座位坐下，原本跟我们背对背的女生也在对面座位坐下来了。因为太尴尬了，我又要垂下头去，结果看到两个男生走近她们。我更是无地自容了。因为车厢很挤，她们之前好像跟朋友分开站。

她们小声对男友们说着什么。我知道他们在看这里。两个男生个子高挺，姿势端正，脸上没有胡子也没有皱纹，年轻漂亮，正看着这里。

我不知道旁边的大林在想什么，但我再也没有抬头看前面。

在大林介绍的中华街餐厅一起吃过午饭后，我说："我忽然有急事。"就算不自然也不管了，我一个人返回车站。我不记得我是怎么摆脱想要追上来的大林的。

回家的电车里，我窝囊地心想：幸好之前都没有找朋绘商量大林的事。

隔天不出所料，大林又发短信来了。

"你奶奶的病情还好吗？她突然住院，你一定很担心。昨天真可惜，我还有很多地方想带你去。真的玩得很愉快，那边除了肉包跟煎饺以外，干烧虾仁也……"

我看到一半就不看了，认真地思考要怎么甩掉他。

我没有回信，也换了手机号码跟电子信箱。我完全清醒了。我和大林就这样断了联系。

5

母亲还恐惧着火灾的余威，我告诉她今天下班我还会过去，下午先回办公室。

我再次披上夹克，走进火灾现场附近的森林一看，大林不见了。取而代之，刚才那两个后辈似乎被他交代什么事，正蹲在灾后现场继续工作。

课长还没有回来,应该是开办公室的车去吃午饭了吧。

我站着发呆,看着以前经常在那里玩的神社,结果听见穿消防团短大衣的一个向同伴低喃说:"我说,'浴火赤子'兄还不退休呀?"

我偷偷观察他们的脸,联谊会上没看到这两个。他们戴着手套的手被染得漆黑,正翻找着什么东西,被攀谈的那个揶揄似的笑道:"才不会。他可是把一切全奉献在这上头了。"

"拼过头啦。浴火赤子兄是单身贵族,除了这里大概没有别的归属,可是也希望他想想这些被拉过来作陪的人啊。"

"而且像今天,他的工作呢?我们是自营业的还没关系,可是浴火赤子兄不是公务员吗?"

"听说他请假了。好像是白天过来,等晚上算加班的时间再回去工作。"

"真的假的?!加班费不是我们的税金吗?公务员可以这样子吗?"

"我看他反倒是引以为豪呢。还逢人夸耀他从早到晚辛勤工作,牺牲奉献。"

"不愧是浴火赤子兄。"

我马上就想到了——电影片名就是大林的绰号。

我明明应该可以跟他们一起讪笑的，却窒息似的呼吸困难。我离开他们，站在神社大水沟旁边，据说昨天火灾时是从这里取水救火的。好久没仔细看这条沟了，水位看起来确实低了许多。

我父亲以前也参加过消防团，那个时候值勤所还不在这里。每年年底，我都看到父亲他们消防团从这条沟里抽水，进行清扫活动。他们的手被冰冷的水冻得通红，口鼻呼出白色的气，那模样看了叫人心疼，感觉辛苦极了。父亲原本就不擅长与人交际，一过三十五岁可以退休的年龄，便立刻退出了消防团。

"啊，辛苦了，浴火赤子兄！"

回头一看，刚才的消防团成员正在向回来的大林挥手。在眨着眼睛的我面前，大林扬扬得意地也向他们挥手，扬声说："噢，辛苦了！"

原来那不是在背地里称呼的绰号，而是当面这么喊。一想到大林甚至喜欢这个绰号，一股异于刚才的窒息感涌上心头。大林的视线就这样转向我。我们对望了。

我微微行礼。

明明上午就发现我了，大林却吃惊地点着头"噢"了一声，走了过来。那完全不出所料的态度，让我打从心底失望透顶。他大概是在等我主动搭讪。

"笙子,你怎么会在这里?好久不见了,你好吗?"

"我来调查公共建筑物的灾害……"

我回答,立刻就发现这样的对话毫无意义。

在初次认识的联谊活动上,我就已经说明过自己的工作内容了,我还提到我们会前往火灾现场调查,夹克在火灾现场染上浓浓的臭味不得不拿去送洗的事。于是大林也用力点头同意说:"火灾现场的臭味真的很特别。"他不可能忘记。

忽然间,一个想法闪过脑海。

纵火的人是不是大林?

消防团的值勤所火灾,不偏不倚地发生在我家正对面的公共建筑物。

我想起那知名的江户时代菜摊阿七的故事。阿七爱上寺院里的小伙计,心想只要发生火灾,就能逃进寺院里避难,她想再次见到那个小伙计,因而纵火。这会不会是那个故事的劣化现代版?

正因如此,纵火的目标才会是公共的值勤所。为了与换了手机号码和电子信箱的我再会,为了让我到这里来。

我不禁背后一阵发凉,毛骨悚然。

大林好似享受着火灾这种非常状况,神采飞扬,用力拉正短大衣的衣襟。今天看不到里面俗到极点的便服。

"我没想到还能再见到你。"

这么矫揉造作地说话,我觉得是说给他身旁的后辈听的。那话里透露出淡淡的男女之间才会有的尴尬。明明我们根本就没什么。我无法忍受背后那些团员兴致勃勃观察的视线。

课长的车子到神社森林来了。大林似乎还有话要说,但我回绝说"告辞了",快步走向车子。即使背对着,我也知道他的眼睛盯着我的背影和脚,被丝袜紧紧包裹的脚就好像被煤灰抚过一般,隐含着一股刺人的、恐怖的力道。

6

值勤所火灾发生一个月后,大林被警方逮捕了,因为他在公民馆的仓库纵火。

纵火犯是现任消防团员,而且是公务员,这令人目瞪口呆的丑闻传遍了邻近街坊,还没看到新闻,我已经接到了母亲的电话。

"我跟你说啊,不得了啦。真是的,不敢相信,大林家的儿子居然会做出那种事。小笙,你没事吧?你没被他怎样吧?"

"我没事。"

我茫然地听着母亲担忧的声音。我曾经怀疑过。虽然没有说出大林的名字,但我叮嘱父母千万要小心火烛还有门窗,而且我也因为担心,回家的次数增加了。同时我也开始觉得一个人居住令人不安。

可是,没想到……

我们办公室当然也闹得沸沸扬扬的,朋绘不用说,课长也在现场见过大林一次,更重要的是,被纵火的地点又是公共建筑物的公民馆。

"为什么好死不死地偏偏放火烧那种地方?"

在目瞪口呆的同事面前,我颤抖着,确信只有我一个人明白个中理由。

根据报道,大林深夜在公民馆的仓库泼上汽油,正准备纵火的时候,被偶然听见声响的附近居民发现,逮了个正着。这次的火灾还没有扩大就被扑灭了。大林也承认上个月的值勤所纵火案是他干的。

关于纵火的动机,他还没有透露。

我心焦地听着新闻报道,因为害怕他不知道什么时候会说出我的名字,内心七上八下。万一他说出来,报纸和电视会以嗜血八卦的态度大书特书这男版蔬菜店的阿七的故事,把它报道为一个傻男人因为过度思慕心爱的女人而犯下的罪。

光是想想,我的胸口就被搅得一团乱。

媒体应该也会找上我。让一把年纪的男人为之痴迷疯狂的,究竟是个什么样的女人?朋绘一定也会大吃一惊,因为她也参加过那场联谊,却只有我被古怪的男人单方面地爱上了。

想到这里,我赫然惊觉。

——朋绘虽然会吓一跳,但是如果她知道事情的真相,应该会对我刮目相看。

午休时间,我们面对面吃着便当,我忍不住抬头说:"小朋,那个新闻你怎么看?"

我问的时候,胸口紧张得怦怦乱跳。

"我吓死啦!"朋绘睁着大大的眼睛看我说,"大林不就是那个摆出一副前辈架子,自吹自擂的家伙吗?就是坐在笙子姐旁边那个……"

"其实后来他一直约我,死缠烂打……因为是你,我才跟你说的哦。"

"真的假的?!笙子姐,你告诉他手机号码啦?"

"不是，我只告诉他职场的电子信箱，没告诉他手机号码。他都是透过互助业务负责人找我。"

大林因为中意我，所以透过町公所的互助业务人员传话给我，想象一下，这说法颇有真实性。尽管不想被知道我们用手机互发短信，还有我跟他一起去了横滨的事，但又不想再把大林的事深藏在我一个人的心里。

"我一直没有回复他。结果上次在值勤所火灾的现场碰到时，他跟我打招呼说好久不见……"

"哎哟，好讨厌，他是要干吗啊？"朋绘睁大了眼睛。

我接着说："他甚至工作时间请假，在清理火灾现场。"

"值勤所不是就在笙子姐老家对面吗？……好可怕，简直就像跟踪狂嘛。难道……他纵火的理由……"

朋绘赫然一惊似的正襟危坐。

我急忙摇头："不知道。真的不知道是怎样，所以小朋，你也不要乱讲话哦。"

"可是那家伙知道笙子姐的工作，而且第二次纵火的地点也是公共建筑物，不是吗？他一定是为了见笙子姐才纵火的啦。哇！恶心死了！笙子姐，你怎么不早一点跟我说呢？"

"因为我很怕……"

"你最好去跟警方说。"朋绘说。

"我再想想。"我摇摇头。

就算放着不管,大林迟早也会自首吧。

我想起母亲的事。

我没有叮咛母亲别多嘴,或许她现在正在向邻居说起我的事,说那个纵火案的犯人是为了她女儿才纵火的,我甚至可以想象出听到这话的邻居生动的表情。

可是就在这个时候——

"哇,换成是我绝对讨厌死了,丢死人了。"

"咦?"

"我可以了解你不敢说的心情。要是被人知道自己跟那种男人有过什么,我都不要活了。"

"什么有过什么……我不是说我们没什么了吗?"

我明明好好地解释了,朋绘却只听进自己想听的,真让人气恼。"有吗?"可是朋绘却歪着头否定。"可是绝对不想被人家知道。"她又说。

"那场联谊之后我听人说,大林那个人真的是超一厢情愿的,被人取了个怪绰号还沾沾自喜,明明没什么的事情也拿来炫耀个老半天,竟然没发现晚辈都是在给他面子。我朋友也觉得他烦死了。"

"朋友?"

她说的朋友是谁？朋绘"啊"了一声，像是懊悔不小心说漏了嘴。"那个町公所的人。"她说。

"谁？哪一个？"

"笙子姐知道是哪一个吗？穿作业服直接过来、头发有点长的那个人。我跟他交换联络方式，后来一起去吃了几次饭，意外地发现他人还不错哟。上次我们还带自己的朋友一起去南方溪谷钓鱼。我说我只钓过鲈鱼，结果被他笑，我就叫他带我去……"

"是这样啊。"

"咦？"

"我还以为你没兴趣。你之前不是说那场联谊很无聊吗？"

我心底阵阵翻搅，完全没发现朋绘在那时候跟别人交换了手机号码。当时那群看起来大同小异的男人当中，朋绘居然找到了想要继续发展关系的出众对象吗？只因为对方穿着作业服，我就连对方的脸也没仔细看，错过了。手心渐渐冒出汗来。

"你们去钓鱼，怎么没告诉我？"

"可是笙子姐不是讨厌比你小的吗？"

我嘴角抽搐，再也说不出话来。同时，刚才的兴奋感就像退潮似的，我冷不防清醒了。

石蕗南地区的纵火　　077

没什么。我跟大林根本没什么，世上大部分的人都只会像朋绘那样随便听听就算了。那么，明明是对方一厢情愿地追求我，我却会被当成跟他有过什么吗？

一想起大林汗毛密布的手，我就一阵毛骨悚然。

我怎么会把这件事告诉朋绘？我陷入强烈的后悔。我好想现在立刻打电话回老家，阻止母亲把我跟大林的事说出去，还有朋绘，难保她不会告诉别人。

上次母亲说的跟注册会计师相亲的事，照片上的对象身材微胖，而且老得一点都不像跟我同年，所以我也没跟人家见面就拒绝了，但今后爸妈一定还会继续帮我找相亲对象。到时候万一被人家误会我跟大林有什么，那可不是闹着玩的。不仅如此，或许今后根本连相亲的机会都没了。

脸颊热了起来。

我明明什么也没做，却感到无地自容。

回家的路上，我在商店买下了所有报道大林纵火案的报纸，每一份报纸都没有提到动机，内容跟今早的新闻一样。大林什么时候会说出来？什么时候，跟那个男人明明毫无瓜葛的我会变成众所瞩目的焦点？

我几乎要发疯了。

我读着每一份完全没提到动机的报纸，甚至希望他干脆快点说出来算了。

我想起大林不肯回头看我的背影。

明明是他自己喜欢上我的，怎么可以不要脸到这种地步？为什么要把我耍得团团转？专挑公共建筑物下手，还纵火烧了两栋。

隔天早报刊登了大林纵火的动机：

"我想要充英雄"

石蕗南地区消防团团员因纵火焚烧消防团设施及石蕗町公民馆等无人建筑物被捕一案，搜查人员于十五日透露，身为同町公所自来水课职员的嫌犯大林勇气（三十八岁）在县警的侦讯中自白"我想要充英雄"。

大林嫌犯表示："只要发生火灾，我们就能出动，可以为当地做出贡献，受到感谢。我不想害人受伤，所以选择了没有人居住的建筑物。"

报道中完全没有提到我，也没有提到他一厢情愿的爱情。

我一次又一次重读，却看不出蛛丝马迹——没有任何地方透露出我的存在。我愣住了，然后生出一股强烈的怒意。

我揉起报纸，狠狠地砸向旁边的墙壁。"搞什么啊！"我骂道。

事到如今居然想当作没这回事吗？

打到墙壁的手晚了一拍才感觉到疼。我不甘心极了，掉下泪来。他不是为了我而做的吗？我丢开手中皱巴巴的报纸。或许大林这次说想要充英雄的动机只是表面话，今后也许还可能提到我；或许那个一头热的家伙是想要包庇我，免得我被媒体骚扰。可是，在风头过去以后说出来的动机，就没有一开始的冲击性了。它将会失去冲击性，只留下让我受伤的结果。明明想要让事情果断地了结，我却无法摆脱今后可能会被他提起的惧怕，就这样被搁了下来。

今天去上班，或许朋绘会说："原来大林的动机跟笙子姐没关系呀。"那个没神经的女生很有可能会直接跟我说到这种地步。那样的话，我只要用我一贯淡淡的、成熟的态度说："好像是，我也吓了一跳。"然后从此以后绝口不提那家伙的事。

为什么？我咬紧牙关。

为什么？为什么我只能遇到那种货色？当时明明有约朋绘一起去钓鱼的像样男人，为何我却遇不到？今后究竟怎么样才能邂逅那样的对象？我完全无法想象，一筹莫展。

啊啊，丢死人了。太倒霉了。我叹了口气。

美弥谷住宅区的亡命徒

我不撒谎　我下定决心　去撒谎

——相田光男

1

"美衣,起床了,早上了。"

阳次的声音在头上响起,我想回话,却被强烈的睡意攫住,身体使不上力。

"嗯。"喉咙深处挤出声音来。我听见窗帘打开的声音。温暖的阳光洒在还在睡的脸上,闭着的眼睑内侧染上了橘色。

我用右手拂着脸，微微睁眼，阳光像针刺进眼里，一阵酸痛，我流下泪来。

"现在几点了？"

"刚过十一点。"

昨天阳次确定过的退房时间是十一点。

对我来说，旅馆就是跟阳次一起去的爱情宾馆，而且平常都是休息两小时就离开，从来没有过夜。母亲禁止我外宿。

"超过时间了。"

得付延时费。付钱的是阳次，但付本来不需要付的钱太吃亏了。我躺在床上伸懒腰这么说，在浴室洗脸台洗脸的阳次应道："啰唆。"

今晚也会住在这里吗？

昨天阳次问我想不想去海边，我说想。他问我想去哪里的海边，我说湘南。因为听到海，我当下能想到的地名就只有湘南。可是阳次瞧不起人似的笑了，明明是他问的，却不理会我的要求。他说以前打工的地方有个前辈爱摆架子，每次去唱卡拉OK都点《南方之星》，而且唱腔还有点模仿原唱，听了真叫人火冒三丈。湘南会让他联想到那家伙唱的歌，所以很讨厌。

在车站小卖店买来的"千叶·房总"地区《RURUBU》旅游杂志就这样摊放在粉红色的沙发上。

"今天下海游泳吧。难得来都来了。"

"又没有泳衣。"

"我给你买。附近应该有卖的吧。"

"真的吗?"

"嗯。"

浴室传来不停地开水龙头又关上的声音。我撑起身体一看,阳次正在刮胡子。

我在压出皱褶的床单上俯视着自己的衣服。橘色内衣和白色热裤,脱放在床下的凉鞋右鞋跟已经磨损了,走起路来很不舒服。我毫无准备就被带出来了,阳次做好了旅行的准备吗?他是怎么刮胡子的?从前天开始,我连内衣内裤都没的换了。

我听着浴室里的水声好半响。小腹有股被按住的压迫感。我突然感到坐立不安,似乎要思考好多事情。阳次一不在,时间一下子空出来,我就只能无所事事地发呆。所以我让自己什么都别去想。

我想玩手机,可是手机落在家里了。

过了二十岁以后,我便和高中以前的朋友大半都疏远了。

虽然一时想不到想联络的对象，不过我想起来跟小百合借的杰尼斯CD还没有还给她。如果不快点还，她一定会讨厌我的。她说她要在听演唱会以前把所有的曲子重听一遍才甘心。

"你可以用浴室了。"

阳次用浴巾擦着脸，走了出来。他上半身赤裸，刘海有一半都湿了，身材清瘦，没有肌肉，苍白的胸膛看起来软弱无力。

记忆中我第一次看到的男人裸体，是在中学。在体育课更衣时看见那些比小学要成长了一些、处在儿童与青年之间的裸体时，我心中一阵诧异。至于身边的裸体记忆，大概是在母亲娘家看到的外公吧。父亲在我进托儿所的时候就和母亲离婚了，我对他没有记忆。至于外公，我从以前就常看到他脱掉淡粉红色衬衣，只穿着短衬裤的模样。阳次的裸体跟班上的男同学相比，更接近今年六十八岁的外公。

都来到这么远的地方了，潮湿闷热的夏天却是依旧。

在《RURUBU》旅游杂志上看到的大海照片，看起来跟很久以前和母亲一起去铃鹿的海，或去年和阳次一起去熊野看到的差不多。可是走出车站以后，街道的气味和行人的衣着明显异于过去我所知道的海。扩声器发出低重的声音，好几辆贴了玻璃防晒膜的车子顶部载着冲浪板驶过旁边。这里不是当地的居民会携家带眷来玩水的海边，而是让年轻人挥洒青春的海滨小镇。浪潮的气味不知是否心理作用，也显得干燥轻盈，让人感觉一片明朗。

哈啾——我打了个喷嚏。

旅馆的小房间里开着冷气。阳次总是这样，不管是在卡拉OK包厢还是在旅馆，都把冷气开到最强，我都说冷了，他却老说"我很热"，就算拜托他，他也不肯稍微调高温度。

和阳次擦身而过走进浴室时，他突然玩闹似的把我的头搂过去，说："我爱你。""嗯。"我点点头。

以前我们两个都没有钱旅行，我一直觉得我和阳次永远不可能去度假胜地。和他，那是奢望。所以我才想分手，也觉得应该分手。坦白说，我没想到我们又会在一起。

阳次开怀地笑了。

洗脸台放着一支廉价剃须刀，比我平常拿来刮腋毛的剃须刀还小，塑胶的材质看起来也更轻、更廉价。旁边掉了一个撕破的白色塑料袋，上面印有旅馆的名字。

我们离开旅馆去了麦当劳，打开《RURUBU》找到海滩导览的标题处。

"什么嘛，海滩离这里很远啊！没车子去不了嘛。"

阳次不满地噘起嘴巴。

房总、九十九里滨这些地名我听过，但昨天才知道那些地方在千叶县。我不太了解关东的地理。"唉，湘南在哪一县？"我问。"啊？"阳次不高兴地抬头，轻蔑地说，"你连这都不知道啊？"可是想想他就这样，我便没再说下去，翻开《RURUBU》继续看，我知道其实他也不知道。于是我换了个问题。

"南方之星是湘南人吗？"

"桑田佳祐是茅崎人吧？"

阳次用吸管深深地吸了一口可乐，手拎着薄衬衫的胸襟部分扇风，衬衫上沾着疑似食物残渣的污垢。阳次就这样用那只手抓起照烧汉堡吃起来。

我把手中的汉堡放回盘子，用手巾擦了擦手，拿起《RURUBU》看。

来这里有很多电车能坐，阳次说有很多歌手在这里的海边拍宣传片。他得意扬扬地说这里离东京很近，所以很方便。

"我想去这里。"

我指着介绍文所说的那家可以在用餐时欣赏海景的咖啡厅，看起来很凉爽的店内，老板娘正对着镜头微笑。照片里有用有机蔬菜制作的咖喱、当地捕获的鲕仔鱼做的料理,餐具很别致。介绍中说店家特制的环保袋很受欢迎。

阳次探过身问:"哪里?"他看了我指的照片,喃喃说:"看起来不错嘛。"他把整本《RURUBU》拖过去,看了一会儿,低声说:"可是很远啊。随便啦。"

"对不起。"我道歉。

"没关系啦。"

然后他开心地用异样成熟的语气耸肩说:"反正我已经习惯你的任性了。"他的照烧汉堡还丢在盘里,却抓起我的汉堡啃起来。点来的东西两个人分,这是我们之间理所当然的默契。阳次不喜欢两个人点一样的东西。如果他想点的东西被别人先点了,他就会明显不高兴,或夸张地惊叫,有这样孩子气的一面。

"你也吃我的照烧汉堡嘛。"

"不用了。照烧肉会滴汁,美乃滋酱又很油。"

"哦。"

我望向窗外。麦当劳已经来到不想再来了,不过这家店门口开着没见过的红花,感觉好似来到了南方岛屿。

"我说——"阳次开口。

"什么?"

"你不会长胖啦,不用在意。不管别人说什么,我就是喜欢这样的你。我说你可爱就是可爱,这样就够了吧?"

他不看我的眼睛,急匆匆地说完的口气一瞬间让我不明白他在说什么。晚了一拍我才发现他是在介意刚才的照烧汉堡。阳次还是不看我。

"没事啦。"我答道。

出租车开了一会儿,来到大海附近。行人很多,车速变慢了。

我们一直默默无语,与窗外掠过的景色并行,左方蔚蓝的海面反射着璀璨的阳光。上半身赤裸的冲浪客一手抓着冲浪板,成群结队走在一块儿。与车子擦身而过的女生也是,上半身都是泳衣。看到她们晒成小麦色纤细的脖子和肩膀,还有褪色的长发,我突然对自己甚至没有好好更衣的模样感到丢脸极了,把膝头紧紧地合拢起来。

她们欢笑着经过窗外。我忽然想起一件事,把视线从景色移开,呼唤阳次:"喂——"我们交往了两年,母亲的事和朋友之间的烦恼都和阳次聊过不少,但这件事应该是我第一次提起。

"你记得僵尸吗?"

"僵尸？哦，好怀念。"

"这种的对吧？"——阳次摆出正经脸孔，双手抬向前方，半蹲着，做出微微弹跳的动作。"对。"——我点点头。就是头戴圆帽、额头贴着符咒的那种僵尸。

"小学的时候我们班上流行僵尸游戏，大家都会在下课或放学的时候玩，游戏里面分成人类跟僵尸，所以只有一小部分的人可以当人。大家都不想当僵尸，请示扮主角恬恬的人说：'我可以当人吗？'"

"恬恬？"

"主角的名字啊。"

恬恬是个年纪跟我们差不多的女生。女主角是小女生的僵尸片异于大人的恋爱剧，令我们感觉亲近和新鲜。"你不记得吗？"我瞪了阳次一眼，又说，"算了，没关系。"

"……那时候我扮的是恬恬。"

我撒了谎。

可是既然是往事，随我怎么说都行。我不是僵尸而是人，而且是主角。在阳次面前，我希望是这样的。

"哦。"

"然后我把来请示我的同学一一指派成人类或僵尸，现在想想，真的挺残忍的。每次当人的都是那几个，班上比较不起眼、没特色的同学就叫他们当僵尸。那些同学真的很可怜，会被当人的同学毫不留情地拿棒子追打。"

为什么即使如此，我还是想要加入其中呢？为了讨好当主角的荣美，我夸赞她的东西和发型，有几次承蒙她指派当人了。但隔天我还是得继续回去当僵尸，就是这样的每一天。

阳次只是跟刚才一样"哦"了一声。

"最糟糕的是，我一点都不明白哪里残忍了。小学毕业的时候，大家交换签名本，班上一个叫荣美的女生写'虽然我一直是僵尸，可是很开心！'我真是震惊极了。那个女生把签名本还给我的时候虽然一脸不在乎，可是我一直都是当恬恬，完全没有想过被指派当僵尸的同学是什么心情，所以回家以后，我在妈妈面前哇哇大哭，说我怎么会做出那么坏的事。"

"嗯。"

"我想跟那样写的同学道歉，可是又觉得很尴尬，拉不下脸，不知道该怎么办，为这件事哭了好久。可是我妈只说，荣美和美衣，一个是'EMI'，一个是'MIE'，名字那么像，却相差那么多，真是不可思议。"

只有妈妈说的这一段是真的。我想要报复，铆足了劲在签名本写下的那段文章,却没能换到当主角的荣美的任何反应,我气得大哭。

"哦。"

阳次没什么兴趣地点点头。他扶着副驾驶靠背,把身子探向前问:"司机,海滩不就这一带了吗?还没到吗?"我听出他的声音有点不耐烦。

可能是因为热,他神经质地撩起刘海。刚才离开麦当劳以后,为了打出租车而走了一小段路去车站,额头就已经冒出薄薄的一层汗了。

明明这样刚刚好啊。我垂下头去,祈祷阳次不会叫司机把冷气开得更强。

别人都是自己开车来海边,我们的出租车在海岸边慢吞吞地前进,显得很可笑,在马路上醒目极了。

2

我和阳次是通过手机的近邻网认识的。那算是一种交友网站,但因为把居住的地区划分得极为详细,所以可以确实地见到住在附近的人。如果只能认识住得太远的人,而且对方不是自己喜欢的类型，见面的瞬间，先前的邮件及电话联络都会变得空虚无比。我经历过好几次，学到了教训，发现如果要认真找男友，住在附近可以直接见面，如果不中意就立刻找下一个，这样更有效率。从此以后，我就只用这个近邻网。

高中的时候，在街上巧遇的小百合说："你变了。"当时我和国小、国中都是朋友的敦子走在一起，皮肤在日晒沙龙晒得黑黑的，而且化了妆。我们去参加国道旁连锁猪排店的打工面试，正在回家的路上。

小百合以前功课就很好，所以中学参加考试进了私立学校。"小百合真是个好孩子，了不起。"母亲说，"美衣，你以后也要跟那样的孩子当好朋友，而不是跟现在这些狐朋狗友鬼混。"

我们三个人原本就很要好，小学毕业旅行也是同一组，在合照里面显得亲密无间。可是高中的时候重逢，兴奋地直接跑去拍了大头贴，上面的我们居住的世界却完全不同了。小百合的打扮很朴素，都已经放学了，她却不把裙摆往上拉，还戴着眼镜，一板一眼的样子简直土死了。

"小学的时候我们一起玩过僵尸游戏，对吧？"

我想聊聊回忆而这么说，敦子和小百合却装傻说："有吗？"这也难怪。每次都被逼着当僵尸的女生里面，当过人类的就只有我一个。她们两个都坚持不记得，一定是骗人的。她们只是不想承认。对话变得有一搭没一搭。

　　猪排店的面试，我被刷下了，但一起参加的敦子却被录取了。敦子一直都很胖，身高跟我一样，可是体重跟衣服尺寸完全不同。我穿 S 码，敦子不是穿 L 码就是 XL 码。化妆也是我比较厉害。要是我被录取，敦子被刷下，那还能理解。不管是厨房门口还是店门口，那宽度足够让敦子穿过去吗？我在家边吃晚饭边这样骂着，母亲莫名其妙地生气说："谁叫你那样浓妆艳抹的？"还说，"你没有那个年纪该有的清纯。"

　　敦子和她男朋友真正在一起的那一天，开开心心地跑来我家报告。"我刚从打工前辈的家回来就和你说了。"半干的头发、疑似从头发飘来的护发素香味，恶心得让人想撇开头去。她爱上打工前辈的事，我之前就已经听过很多次了。我也听说是她向对方告白，对方说没意思交往，但只有肉体关系的话就行。

　　今天经过了什么样的过程，发展成哪样，他说了什么，摸了哪里，对她做了哪些事……看着敦子得意地谈论初体验的模样，我火冒三丈。先前她拿给我看过许多次的大头贴，还有在店里看到的那个男人，说得再好听也称不上帅，一副花花大少、爱玩女人的模样，但也就这样罢了。我一点都不羡慕。可是敦子说："美衣也快点嘛。"

以前我也跟在交友网站认识的好几个对象见过面。全都是年纪比我大的男人，我们一起去唱卡拉OK、喝茶，都是对方请客，四处游玩。有时候也会叫敦子那些朋友一起来，可是我和男人两个人见面的场面被班上同学目击，传成"美衣好像有年纪比我们大的男朋友""她很受欢迎""她有男人"，真是爽极了。

我从来没去过旅馆，但被敦子的炫耀刺激到了，当天就跟在网站认识的男人去了旅馆。就像听说的那样，第一次做爱很痛，费了一番功夫，对方虽然也是强上的，但我还是忍耐着做到最后。一想到回去之后就可以向敦子炫耀，我内心的不爽也烟消云散了。

后来我找来小百合，把自己初夜的事，包括气愤敦子炫耀的事情都告诉了她，小百合睁圆了眼睛吓呆了。她状似害怕地应道："这样啊。"

后来过了三年，我和阳次认识了，是我高中毕业后有一搭没一搭地打着零工时，在近邻交友网认识的。

"每份工作都做不久,我真是没用……我每天都像这样反省。"

我在自我介绍里添了这么一行,他回道:"我也是这样。"

"我也是这样"的意思是他可能没工作?这样好吗?我纳着闷,但心想先交往看看,便开始电邮联络。对方的自我介绍写着二十六岁。

"搞不好我真的很差劲。上次我也说过,我跟我妈相处得不好。我很感谢我妈,但还是老跟她吵架,说了很多伤人的话,埋怨她为什么不肯了解我……"

"我喜欢的诗人写过这样一句话:'幸福永远是由自己的心决定的。'看到这句话时,我泪流不止。因为我发现我一直在勉强自己。希望美衣你也能有所感悟。"

收到这封电邮时,我的心好像被射穿了。手机按键上的指头停了好半晌,我甚至没办法立刻回信。

"幸福永远是由自己的心来决定的。"

我一直怀疑我是个不幸的人,但基准是由谁来决定的呢?

原来，这也可以是自己决定的。只要我决定我现在是幸福的，就没有任何人能够插手。或许我就能更上进一些了。

我用颤抖的手指，花了很久的时间认真地回信。

"谢谢你。我很感动。从以前到现在，不管是电邮还是电话，你都是第一个送我诗句的人！那个诗人是谁？我还想知道更多。"

"我把书借你。今天送你这一句：'有时邂逅会彻底颠覆一个人的人生，愿你有段美满的邂逅。'那个邂逅对象不是我也没关系，祝福美衣的人生里能充满美好的邂逅。"

相田光男这位诗人，就是阳次告诉我的。

我们当天就去了旅馆，他借给我的诗集，封面被翻得皱巴巴的。看来他读了很多遍。

"滨崎步也很尊敬他。"——听到这话，我恍然大悟。阳次知道相田光男，好像是因为滨崎步。

诗集里有很多很棒的诗，读着读着，我也跟着哭了。

我们听说附近的百货公司展场有相田光男展，便一起去看了。其中，特色十足、强劲有力的手写文字令我感动不已。

看着那些文字与诗句,一直自我否定的心情也自然而然地化为平静。

阳次告诉我有个网站可以下载相田的诗当手机待机画面,我下载了好几首喜欢的诗的图片。

我把从特别展上买来的日历带回家,送给母亲。"你照顾我的恩情,总有一天我一定会回报,让你好好享福。"我说完之后,"哇"的一声哭了出来。母亲一页一页翻着日历上三百六十五天的诗,念出声来。我觉得我的心情透过诗句传达给母亲,开心极了。

"美衣终于也懂得这些东西的好了。"母亲哽咽地说着。从此以后,每天早上第一个掀开客厅的日历,就成了母亲的例行公事。

3

海边的餐厅店名叫"维纳斯"。

玻璃墙上贴的图案是蓝色的,用片假名大大地写着店名"维纳斯",不是用英文,这很有当地小店的特色。看到"维"用的是"ヴィ"(Ve),我觉得意外——是"ウィ"加上浊音而成的"ヴィ"。收银的是个大婶,但店名不是用老式的"ビ"(Be),这让我觉得佩服。像我母亲就无法理解"ヴ"。她看到我贴在房间的自己画的图或短信里写的"ラヴ"(LOVE),还会问"为什么那样写?"[1]

"我想要内衣内裤。"我说。阳次生气地问我为什么不在旅馆或车站附近时说,还说那附近有超市。

我们买了帽子、长袖连帽外套、T恤和裙子、泳衣,还买了一件可以直接套上去穿的薄料洋装。在店里绕了一圈,也没看到内衣内裤,阳次说"你去问店员有没有",但我怕丢脸,说"算了"。

买帽子是因为即使隔着出租车车窗,照进来的阳光也很强,我觉得这样下去会晒黑。防晒霜也买了SPF数字最高的。

宽檐帽很有度假胜地风味,是女影星会戴的那种。我在镜前试戴了一下,惊人地吻合头形。帽檐能遮到眉毛,眼睛若隐若现的角度好像影星。我从来不知道原来自己这么适合这种帽子。

两千日元的连帽外套、一千五百日元的洋装等,即使每一样单价都很便宜,林林总总也花了一万八千九百日元。"阿

---

[1] 译注:母音"ウ"浊音化而成的"ヴ",是日本近代才出现的表记方法,日语发音中没有的"V"音,一般用在外来语上。在过去,"V"音在日文中都是以"ブ"(音BU)来表示。

姨，可以刷卡吗？"阳次问。平常可能很少人刷卡付账，阿姨应着"可以可以"，朝店里唤道："喂，米原！"一会儿后，一个穿着夏威夷衫的青年过来替阿姨结账。

阳次不是从钱包，而是从裤子口袋掏出信用卡。店员要求签名时，阳次对我说"你签"，我吓了一跳，回看他。

递出来的签账单上用罗马拼音印刷着信用卡主人的名字：

"MARIKO ASANUMA。"

他什么时候拿出来的？

"快签。"

阳次冷淡的声音接着说。我不知道他是故意的，还是什么，我也没想。

我望向收款机前堆积如山的衣服，帽子已经请店里的人剪掉标签，戴在我头上了。买的几乎都是我的东西，阳次的只有一千日元的夏威夷衫和不到两千日元的泳裤。

我签下名字：

浅沼真理子

离开店前往沙滩的途中，阳次"啊"地一叫。

"不好，忘了买毛巾。"

他掉头折回店里。我没有追上去。我听着浪涛声和陌生人吵闹的声音，海边的扩音器在播放滨崎步和放浪兄弟的曲子。明明那么近，却像透过电视机观看一样，听起来好远。与大海只有一路之隔，这一侧却安静极了。

阳次抱着两条毛巾说着"久等了"回来了。他跑得很急，看来这次不是刷卡，而是付现金买的。我心想浴巾很贵，但没有说话，接下其中一条。

4

阳次的束缚开始变本加厉时，我心想："我也碰到这样的人了吗？"

如果我检查他的手机，或是明明在和他约会却又逛交友网站，或是没有照他说的时间打电话，就会挨揍，我觉得这样不太妙，但一开始也只是这样而已。

像敦子，那个时候甚至还说要和跟踪她的男人结婚。从猪排店的前辈开始，敦子与形形色色的男人历经女友未满的关系，不断地被抛弃之后，在交友网站认识了一个对她来说是理想型的男朋友。

现在想想，或许我们是觉得好玩才故意用了"跟踪狂"

这种激烈的字眼。因为敦子的那个男朋友，才刚交往就掌握了敦子的全部行踪，对她纠缠不清，就算提出分手，也不断地发短信来，还在她家玄关门把手上淋上"礼物"。我们都被那个人的行径吓坏了，叫他"跟踪狂"，敦子嘴上说着"好讨厌"，但对方为她做到这种地步，她内心欢喜极了。

我只见过敦子的男朋友一次。那个人瘦到连旁人看了都觉得担心，脸色苍白无比，一副随时可能断气的样子。他说他从事园林建设，但看起来实在不可能胜任劳力工作，所以或许是骗人的。小百合指出他的眼镜脏了，他说"我不想在敦子以外的人面前摘下眼镜"，说完诡异地笑了。我觉得万一他们结婚，敦子可能永远无法离开家门，便跟小百合商量，每次见到敦子都设法劝她打消念头。

"我也想过要分手，但毕竟我曾经喜欢过他。"敦子完全不退让，"而且我觉得再也不会有人比他更爱我了。"

"人家是跟踪狂，那当然啦！"——小百合嘲讽地笑，但敦子似乎觉得她是在打趣，"呵呵呵"的，一副幸福小女人模样。她的体重比在猪排店打工时增加许多，现在我实在不知道一般的店里有没有适合她的衣服。

我想起"幸福永远是由自己的心决定的"。

我们各自开始打工以后，因为见面的时间减少。有次，阳次把我的下巴骨头都踢出声音来了。那是在住宅区的花圃前，阳次穿着气垫运动鞋。原来橡胶鞋底和气垫对于被踹的一方来说，一点儿减压效果都没有。

我被踢得牙齿松动还流血，每次出门看到渗进自己血迹的地面，都觉得不可思议极了。有一天我跟阳次约在那里，阳次在地上画出抛物线似的"咻咻"踢腿，就像在模仿"放浪兄弟"的舞蹈动作，他好像已经忘记那个地方的污渍是我的血了。

"我看你不用多久就会没命了。"小百合一脸严肃地说。

我只能说不管我提出分手多少次，阳次都不肯接受，而且他也知道我家住哪里。最近阳次每天都到家门口来接我，还叫我跟他一起住。

阳次或许是特别的人，从认识他的时候我就一直有这种感觉，所以我不太想和他分手。和他聊天很开心，而且他这么爱我，也有许多可靠的地方。每天在同一个时刻出现的阳次就像精准的机器一样，母亲似乎也开始察觉有点不对劲了。我觉得与其让母亲担心，离开家跟阳次同居也不错——我这么说，结果小百合板起了脸。小百合从来没有交过男朋友，她一直在追杰尼斯，总是亮出喜欢的偶像照片皱眉说："真搞不懂美衣和敦子，那些丑男人哪里好了？"

"不要跟他同居啦。敦子的男朋友还不会动手动脚，但你那个男朋友分明就是个家暴男啊。"

我反驳说阳次也有许多优点："不行，不行，我没办法。"小百合冷漠无情地摇头否定。我心里骂着"你这种货色阳次才要不再联络呢"，但说出来小百合就太可怜了，所以我还是没有说出口。之前我让他们见面时，阳次暗地里给小百合取了个绰号叫"本垒板眼镜女"。高中再会以后，我虽然偶尔会像这样跟小百合碰面，但她会用装大人的口气说话，我实在是拿她没办法，用一种比平常更成熟的心态听听就算了，没跟她计较。

"遭到大家反对，帮他说好话，渐渐地就会意气用事起来，这是常听到的情况呀。这世上的男人又不是只有他一个。"

阳次踢我、打我之后会把我留在车里，跑去便利店买冰块，哭着向我道歉，还帮我冰敷。我说出这件事，小百合却用"那是常有的事"一句带过。

"要摆脱他就趁现在。"

我想和阳次分手，不是因为暴力，也不是因为母亲在集合住宅大门被他吼"死老太婆！把美衣交出来"哭着回家。我能下定决心，是因为我好像快要交到新的男友了。是在认识阳次的那个网站找到的，大我五岁，我们断断续续地联络，感觉越来越不错。我想见他，但被阳次监视着，根本不可能见面。小百合说得没错，世上不是只有阳次一个男人。一想到我也可以和其他男人重来一次和阳次最初交往时的快乐时光，便怦然心动。

我告诉母亲，我想和阳次分手，但他不肯，还有他对我的暴力行为，母亲瞪大了眼睛吓呆了。"让我看看！"她想确认我的伤势。万一不能证明他打我打得有多凶就尴尬了，所以我祈祷着瘀伤等伤痕还留得一清二楚，但乌青的颜色已经没有最严重时那么深，很多地方都消失了。我觉得好可惜。即使如此，母亲还是抚摸着即将转成黄色的痕迹，拉着我的手说："我们去报警。"这次换我吓了一跳，摇头说："不用啦。"怎么会说什么报警？我又不想把事情闹大。

可是母亲坚持地点头说："你是个乖孩子。那个人如果哭着求你原谅，你一定会原谅他，对吧？你真的有自信不再回去他身边吗？妈妈来保护你。平常人或许不会做到这种地步，但我就是要使出那么夸张的手段，让他知道美衣的妈妈有多可怕，不敢再次靠近你。"

"快点，当机立断。"母亲催促说。

什么啊？我心里纳闷，在警局趁着负责人出现之前问，母亲在护士值班表背面写下这个成语，告诉我字怎么写。

说明情况时，母亲卷起我前后的衣服，连胸罩都露出来了。被陌生的叔叔直盯着看，我觉得很丢脸，可是心里想着，他们看到我这种年轻女孩的腰，应该会觉得很幸运，又觉得愉快了些。

"他每天都在同样的时间守在楼下，如果我女儿不出去，他就在集合住宅门口大吼，附近的住户也都对我们指指点点。明明错的不是我们，是那个人啊。"

跟踪狂、暴力、纠缠。

看着母亲在警局泪流满面地向陌生人倾诉，我忍不住想为阳次说好话。母亲每天珍惜地翻开的相田光男的日历是阳次买的。他是喜欢这种东西的纯真男孩，还告诉我好多好多的诗句。

我心头瞬间涌上一股悲哀，掉下泪来。如果阳次和我在交友网站新认识的那个人，都只有好的部分属于我就好了。我们已经交往了两年，一想到阳次今后会跟我以外的女人交往，我就突然觉得好嫉妒。这有什么办法呢？人就是这样嘛。

母亲发现我在哭，搂住我的肩膀说："真可怜。"警察也点点头。这是第一次有外表正经的陌生人认真听我说话，让我的心在不同于爱慕阳次的部分获得了满足。

警察要我填写文件,我看到上面"报案单"三个字,觉得这下非立下决心不可了。

再这样下去,我什么选择都没了。我被迫选择阳次,或是与今后可能认识的其他男友共度的未来和全部。

阳次,再见了。

我从报案单最上面的姓名栏开始填写。

浅沼美衣……

5

在沙滩的简易淋浴间冲过澡出来,却不见阳次的人影。

明明说好二十分钟后要在这个招牌前见面的。"我十分钟就好了,可是美衣是女生,想要冲久一点吧?"阳次是这样决定时间的。

我为了不迟到,匆匆换了衣服跑出来,阳次已经离开了吗?他去了哪里呢?真伤脑筋。我没有钱,在这里也没有认识的人。我只有阳次。

下午四点过后,沙滩上的人一下子减少了。扩音器还继续播放的音乐也失去了中午时的劲头。

我在变得萧条的沙滩附近东张西望,寻找熟悉的身影,结果在马路另一头发现疑似阳次的背影。他在"维纳斯"旁边的建筑物前抱着手臂,脸贴在橱窗上站着,他换上了新买的夏威夷衫。

"阳次!"

我松了一口气跑过去。阳次在看的是一家房产中介的橱窗,他在看介绍物件格局的广告单。

店里亮着微妙的阴暗灯光,看不出是不是在营业。里面坐着一个头发半秃的老头子。他注意到我们,微微点头,起身就要走过来。看来是正在营业。

我们只是看看,老板却跑来招呼。服饰店也是,我很讨厌来自店员的压力,忍不住想逃,但阳次非常镇定。他问我:"喂,美衣,你喜欢温泉吗?"

"啊?"

"你看这里是不是很便宜?我们应该住得起。"

上面贴着写有"度假公寓"的海报,纸被晒得脆黄,贴在窗上的胶带也褪成了褐色,展示着大理石玄关和时尚家具的室内照旁边写着"各房皆附温泉"。

"两位在找什么?"房产中介的老头子从店里走了出来。

"今天只是看看而已,不过我们不久后还会再来。两个人住，一间房应该就行了吧？"

"情侣吗？那应该没问题。年轻的时候感情好到不行嘛。"

"是啊。"

我只在海边待了半天，而且还抹了防晒霜，背部却阵阵刺痛，好像海水的盐分渗进皮肤，痛死了。

我没有穿内裤。因为我不想冲完澡还穿脏内裤。热裤底下凉飕飕的。

"要不要进里面去看得更仔细一点？"大叔邀请道，阳次暧昧地回绝了。打开的店门里面飘出带着潮香的某种辛香料气味。

"我们要住在这里吗？"

我想起来这里的途中在东京换车的事，我觉得距离不算太远。如果住在这一带，或许可以常常去东京玩。

走出去以后我问，结果阳次转头看着我的脸反问："你不想吗？"

"不会呀。"

我摇摇头，戴上刚买的宽檐帽。两个人默默无语地从海滩的一头走到另一头。夕阳落入海里的景象非常美丽。

忽然，我想起小学的同学荣美，和我性格完全相反，但名字发音相像的荣美。她现在怎么样了？听说她在外县市工作，一定是名古屋或大阪，而不是像这里，在东京附近。

她一定完全没把指派我们当僵尸的事情放在心上，连签名本看没看过都很难说。如果她哭着悔过，我还能把她当好孩子看。我想脱离当僵尸的同学圈子，也想要比荣美和敦子抢先一步经历更棒的世界。不管是在哪些方面，我都比她们厉害多了。

荣美，你来过这么远的海边吗？你住过度假公寓吗？

我都说我想去《RURUBU》介绍的咖啡厅了，阳次却随便找了家饭馆走进去。"我们不去咖啡厅吗？"我不抱希望地问，阳次应道："我饿了。"

入口是写着"拉面""关东煮"的红色立旗，看到这些的瞬间，我真是失望透了，感觉是观光客跟当地人都会去的店。店里有看得到厨房的吧台座，还有要脱鞋子上去的座位区，桌上就这么丢着沾了油垢的《少年MAGAZINE》漫画杂志。

头顶传来电视声。抬头一看，门口附近的天花板近处有块类似神坛的地方，摆了一台小电视，正在播放每星期我都会看的猜谜节目。我也不是特别喜欢，但每星期这天的这个时间，就只有这个节目好看。

看到节目，我才知道今天是星期四。我好久没看电视了，怀念极了，平常都是开着电视，发短信或做别的事，现在视线却被吸住了，紧盯着画面看。

"我要味噌拉面，你呢？"

被带去座位后，阳次立刻坐下，看着墙上的菜单说。

"我要咖喱。"

"都在屋子里了，帽子还不拿下来，没家教。"

阳次那高高在上的口气让我恼火，但我还是乖乖拿下了帽子。阳次就是这样，会在莫名其妙的地方计较教养，非要让我中规中矩的。

大婶送水来的时候我们点了餐，两人漫不经心地聊了一会儿电视的话题。我指着荧幕上的女人说："那个人绝对整形过。"阳次觉得好笑地点头同意："对啊，绝对。真是糟糕，听任经纪公司摆布，言听计从地去整什么形，以后可想而知。那家伙的演艺生涯也不长了。"

我觉得电视的声音有点大。拉面先送来了。筷子不是卫生筷，而是像吉野家那样，从筷箱拿的那种。阳次看到这种的，都会高兴地说："真环保，很有心。"

我看见一个男人走进店里，对大婶说了什么。

男人看着我这里,和我对视了。我觉得好像看到男人在眼中注入了类似力量的东西。我心头一惊,却不知道为什么吃惊。瞬间,我做出的反应是把手伸向帽子。我今天第一次发现适合我的帽子。我就像要守住它似的,把手盖在上面。

阳次注意到了,看我说:"怎么了?"

下一瞬间怒吼响起:"柏木!"

是阳次的姓氏。

男人们拥入饭馆时,阳次怔住,我则按着帽子。我不知道总共有几个人。一个男人喊:"你逃不掉了!"

拉面才刚送来,在眼前冒着热气,散发出味噌的香味。

我按着帽子发抖。

"放开我!住手!"阳次大吼大叫,但身体被按住,前后左右被魁梧的男人包围,声音也跟着像呼吸被剥夺似的越来越小。阳次挥着手,翻转过来的拳头击中一个人的脸。"叩"的一声,被揍的男人脸色骤变。

阳次又试图挣脱逃跑。大概是要丢下我,自己一个人逃走。

"……你是浅沼美衣吧?"

后来进来的男人抓住我的手臂,喘着气说。他的手毫不客气地抢过我的帽子。"是的。"干燥的唇间自然地吐出声音。

杀人嫌疑犯——

柏木——

嫌犯落网——

被逮捕——

你逃不掉了。

嘈杂之中，我的耳朵捕捉到"杀人"两个字，陷入绝望。妈妈，果然还是没能得救。

那一天我正在洗澡。

我在洗头发的时候突然听到一道巨响和尖叫，吓了一大跳，打开浴室的门叫："妈？"但尖叫和声响仍持续着。

"美衣！"有人叫我。

我满头都是泡沫，没办法立刻出去。我急忙冲掉泡沫，光着身体跑过短短的走廊进入客厅。水滴从身体滴落地上，从头发飞溅到周围。

地板上，母亲身体前屈，以祈祷的姿势跪地，从肚子底下流出血来。我瞪大了眼睛。母亲按着侧腹部，身体鲜红得让人难以置信。我被吓得比电视剧还要夸张。因为电视剧里的血没有这么多。

菜刀就掉在母亲身旁。刀刃反射出光线,近乎刺眼,血就像油似的化在上头,光亮闪烁。

阳次站在那里。

我听到母亲以细微的声音呻吟着。她还有呼吸。

阳次面无表情地俯视着我母亲。他肩膀上下起伏,猛烈地喘息。我看见他的手臂随着呼吸猛烈地上下颤抖,上面沾满了血。

阳次的眼睛从母亲身上移开,头一次望向我。这是我们两星期以来第一次见面。我的背冰冷地挺直,水滴仍不停地从头发滴下。

"我说你啊……"

阳次发出来的声音意外地沉着。他看着我,眯起眼睛,不高兴地说:"至少也该穿个内裤吧?"

我全身赤裸。吞口水的时候,沉重的声音甚至传进耳朵和脑袋深处。

我心想得快点穿上内裤。头发还湿着,只洗了洗发精,还没有涂精油,身体也没擦干,但我先穿上了内裤。

阳次在翻母亲的皮包。母亲已经一动也不动了。

"美衣,没事了,你已经安全了。"

我呆呆地看着眼前被捕的阳次,被抓住的肩膀一次又一次地被摇晃。一想到有人会保护我,我顿时浑身虚脱,抓住扶着我的男人的手臂。一想到可以回集合住宅去,一想到母亲已经不在了,我的泪水横溢而出。

"我好怕。"我喃喃地说,"我好怕,真的好怕。"

芹叶大学的梦想与杀人

通缉犯推落女子?

五日清晨六点二十分左右,警方接到民众报案,有一女子倒在岩手县盛冈市内的一家爱情宾馆停车场。女子为群马县高崎市一所私立高中的美术教师二木未玖(二十五岁),警方研究判断,应是由宾馆的紧急逃生梯摔落。二木面部骨折,意识昏迷,伤势严重。据报案的管理员表示,曾听到疑似现场的逃生梯传来男女激烈争吵的声音。此外,二木的脖子也有被用力掐住的伤痕,与她一起的男子应是伤人后直接逃逸。

上个月二十五日,芹叶大学的工学院教授坂下元一(当时五十七岁)被发现陈尸于校内,嫌犯羽根木雄大

（二十五岁）因弃尸嫌疑遭到通缉，伤者二木就是嫌犯羽根木的前女友。岩手县警方认为二木的坠楼事件可能与嫌犯羽根木有关，正在展开追查。

案发前一日，二木以身体不适为由从任职的高中早退之后，便一直无法联络上。

1

听到坂下老师遇害的消息，我立刻怀疑是你干的。

一旦怀疑，就害怕到连一步也动弹不得。我勉强站起来，到厨房拿水，颤抖的手把水晃得快要洒出来。我双腿一弯，又在冰冷的地板颓然地坐下去。住一起的母亲担心地问我怎么了，我只说"突然头晕"。

大学有段时间那样频繁地见面、亲近的坂下老师，为何我会仿佛看着无关之人的事情一样，通过老家的电视机看到他的死讯？感觉不可思议又古怪，可是我不知道还能怎么样更进一步接近案情，犹豫着要不要联络以前的研究室同伴，这时手机振动起来。

我好不安，怕是你打来的。

是矢岛发来的短信。我看到画面上她的名字，松了一口气，也好似一阵失落。

坂下老师被人发现陈尸在工学院研究大楼的研究室里。我脑中浮现学生时代多次前往商量毕业出路和毕业课题的那个地方，但听说我们毕业以后，研究大楼改建了，研究室也迁到别的地方了。

所以我无从想象，但新闻里说老师的遗体头部和面部遭到殴打，腹部被踢踹，脖子被掐住，然后尸体被塞进研究室里用来存放卷得细细长长的制图表的置物柜里。

隔天教授没来上课，学生们很担心，和教务部的职员一起进入研究室，发现了老师面目全非的遗体。

置物柜前方盖了一张图画纸，就像拉上一块薄薄的帘子。

凶手是想要隐藏尸体吧。面对一动也不动的尸体，凶手不知如何是好，才想要至少拿什么东西来遮掩住。尽管毫无意义，但凶手或许觉得这样做，多少有助于粉饰状况。

我能想象到，如果那真的是你干的话。我能一清二楚地想象，就仿佛命案发生时我也在现场——甚至错觉我也在场一起帮你。

不可能，不可能。我想要说服自己，却没有勇气打电话或发短信给你。

老师的遗体被发现几天后,你的名字在新闻中以嫌犯的身份被报道出来。你没有回独居的公寓,也没有回老家,警方认为你逃亡了。

那个时候,矢岛和那些研究室的同学,还有当时认识的朋友也跟我联络了。

"你还好吗?你该不会还在跟他交往吧?"

"羽根木居然还在大学,吓我一跳。怎么回事啊?"

"我没有跟他交往。我没有跟他交往。"——我回答。

我们不可能交往过。

警方来找我,说你可能会联络我,我的脸不由自主地浮现苦笑。你才不会来找我,他们在胡说些什么啊?

"如果他要联络也一定是联络老家的父母或姐姐,总之,他会去投靠的,是他的家人。"

我回答的时候,胸口痛得连自己都吓了一跳,这唐突的痛几乎让我掉下泪来。

我听你诉说梦想,也听你抱怨。我娇纵你,可是我的角色只到这里,你一定连有过我这个人都忘了吧。对你而言,特别的只有你自己和你的家人。即使我一直陪在你身旁,也是算不上数的、可有可无的。

矢岛在电话另一头放心地说:"太好了,既然你们早就分开了,我就放心了。"瞬间,我的鸡皮疙瘩爬了满脖子。

你被通缉后第三天,我的手机接到一通来自公共电话的来电。

"未玖。"

软弱的声音,搔弄着我的耳朵。

我应该觉得万一你真的联络我就伤脑筋了,然而被你呼唤名字的瞬间,喜悦和怀念等种种感情涌上心头,压垮了我,把我的眼睛灼热地融化了。

"对不起。我怎么样都想最后再见你一面……"

"你现在在哪里?"

我压低声音问。

除了见他,我完全没想过还有其他选项。总有办法的,总有办法的,总有办法的。万一被人看到,我就说我打算劝他向警方投案。去见他,其他的全部之后再想就是了。我满脑子都是该用什么借口请假。

2

我有梦想，正朝着梦想具体行动，有望在未来实现——在研究室的第一场聚餐时，我这么告诉众人。

大学二年级的我浑身上下都是梦想，是个不管见到任何人，都只能拿来与自己和我的梦想——插画放在一起谈论、估量价值的小孩子。

芹叶大学工学院设计工学系的学生在大二时，就会被分配到各个老师的研究室。我们坂下研究室有十个男生，三个女生，总共十三人。

雄大主动找我攀谈，是第一次聚餐过了快半年的时候。

"二木，你很自信对吧？"

我被那双灰色略显沉稳的眸子注视的瞬间，失声无语。

研究室成员聚餐时常去的那家店位于住商大楼的三楼，可以上到顶楼。每当厌倦了老是谈论一成不变话题的聚餐气氛时，我经常会一个人去顶楼抽烟。

"自信？"

"我听说你在做职业插画工作。"

的确，我曾经在杂志的连载单元画过半年的插图。第一次聚餐时我说出这件事，每个人都同声称赞"好厉害"，但我很快就没兴趣了，现在还很后悔说出这件事。

那份工作是因为我高中的同学刚好在出版社打工，通过这样的关系，我才争取到的。自己的插图出现在知名女性杂志让我高兴极了，把大家央求"让我们看看"的客套话当真，把杂志带到研究室去。杂志的发行月份当时就已经不是最新一期，而是过期了快半年，我觉得丢脸极了。每次回想起自己当时志得意满炫耀的模样，我就懊悔不迭，觉得大家内心一定对我自诩为职业插画家讪笑不已。后来我向出版社投稿，或是架设网站征求方案，下一份工作也完全没着落。

顶楼只有雄大和我两个人。印有店名的薄毛巾就像旗子般成排晾在夜空下。

"曾经实现过梦想的人，今后不管做什么，都能明确地拥有去实现的愿景，对吧？我也有梦想，所以我想听听像你这个'过来人'的意见。"

我把香烟从唇边拿开仰望他。雄大的反应异于至今我在大学遇到的任何一个人。

"羽根木，你的梦想是什么？"

雄大默默地把还剩下一半以上的烟揉熄在烟灰缸边缘。对他而言，他的梦想就是那么重大，无法轻易说出口吧。隔了段十足的空当后，他小声回答：

"我想当医生。设计工学本来是我的第二志愿,可是一进大学,我就在考虑要重考医学系。明年我要休学重考。"

天空散布着淡淡的星光。他看着我,展颜微笑。

"我连我爸妈都还没告诉呢,你是第一个。"

冲动跳过好几个阶段,突然直击我的胸口。

我不要他休学。我不要他离开我身边。明明我们今天才差不多是第一次说话,我是怎么了?尽管这么想,我却克制不住那股情愫。

我以前就一直觉得他长得很俊。

雄大不是引人注意的类型,话也不多,在研究室的男生里面,总显得有些格格不入。除了我以外,其他女生都说他"怪怪的"。

"仔细看是长得很帅,可是如果跟他独处,实在不知道能聊什么。"

她们一定也都注意到了雄大,否则根本没必要像这样说话。

雄大纤细白皙的脸孔就像人工雕塑出来的艺术品,端正、清冽,灰色的瞳孔、鹰钩鼻的线条看起来不像日本人。虽然他没有散发出众的存在感,但一旦意识到,就让人无法移开视线,雄大就具备这种危险的魅力。不论喜不喜欢,眼睛自然就会追着他跑。漂亮的容貌就是会让人这样。

雄大说想看我的画，我们下次约在他家附近的咖啡厅见面。不同于大部分学生都在大学附近租房，他的住处位于一站地以外的闲静住宅区。

我递出档案夹，他放在桌上翻着。他的视线在我的画上移动时，我觉得比被职业编辑批评时还要紧张好几倍。

"我的梦想是有一天要出版绘本。"

档案里有几页是简单浓缩绘本故事而画的意象插图。

"这样啊。"雄大静静地合上最后一页，"希望你的梦想能实现。"

虽然不是敷衍，但他对我的插图却也没有半句感想。

咖啡店内的墙壁昏暗得仿佛染上了咖啡的色泽与气味，看起来店里只有我们两个是学生。对学生来说，这里的价钱实在太贵了，而且我甚至无法明确分辨出眼前的咖啡跟平时常喝的学生餐厅的咖啡有何不同。

舀起一勺宝石般褐色的冰糖，在杯中搅匀。雄大喝的是黑咖啡，他用熟悉的动作将杯子送到嘴边。

"我不想太花钱，可是实在不想委屈自己去喝难喝的咖啡。"

他说，我点点头。

"进大学以后，看到身边每一个人都思考停滞了，一直让我很烦躁。大家原本应该都有梦想或理想，然而进了大学，就觉得满足，止步不前了。只知道解决系上的功课跟眼前的问题，没有半个人对未来采取具体的行动。就在这个时候，我听到了你的事。"

心底仿佛被柔软的火焰慢慢地烘烤着。

"也告诉我你的事吧。"

我要求道，原本腼腆微笑的雄大脸颊突然绷紧了。

"我的梦想大到无法想象。老实说，我觉得自己有点有勇无谋，可是我不会放弃。即使进了医学系，也不是这样就结束了，我还有更多想做的事。"

他的眼睛看着我以外的遥远地方。然后他有些犹豫，把剩下的话吞了回去。"要是说得更多，你可能会以为我真的疯了。"他苦笑。

一想到必须与他变得更亲密，他才肯告诉我，明明才第二次见面，我的心里就涌上了一股寂寥。

我才不会笑他，把他和思考停滞的大半学生混为一谈，我觉得不甘极了。

3

雄大的住处是设计公寓的一室。看到水泥的墙壁，还有隔间的雾面玻璃另一头的楼梯，瞬间我腿都快软了。

第一次进他的房间，就像他说的，放满了大学考试的试题集、参考书等——不想重来一次的大考准备。看到记忆中的数学公式和古文，我不禁对他现在仍持续准备应考的毅力赞叹不已。

"这是我第一次让女生来我住的地方。"

看到我站在他的房间，他貌似不知所措。

他说不管是高中还是进了大学，他都忙着念书，完全没想过要跟女生交往。一想到他对女人全然陌生，原本只觉得漂亮的他突然显得可爱，现在多了令人怜爱的印象。

"你应该很受女生欢迎吧？"

这不是奉承，而是发自真心的问题，然而雄大却笑道："才没有。"他的微笑率真得令人惊讶，好似散发出光辉。

"我觉得女生都对我敬而远之。是你太特别了。"

虽然是借着看插图、聊梦想这些话题，但我们的距离慢慢拉近了，就像避免撞倒插在沙山上的旗子似的，慎重地、慢慢地彼此摸索，然后终于接吻了。

高中第一次接吻时，嘴唇相触的瞬间，那过于美妙的感觉让我开始期待与雄大的接吻也会是如此，然而笨拙地压上来的嘴唇触感比想象中的生硬。我不知道原因出在雄大还是我。

贴在一起紧闭着的嘴唇另一头，雄大正屏住呼吸。我主动伸出舌头，他突然轻声尖叫"等一下"，远离了我。

"这是我的初吻，就突然舌吻，太过分了。"

他泫然欲泣地说，往后躺倒下去，叹了一口气。

我已经告诉他我以前交过男朋友了。近看雄大的脸，由于他是仰躺，印象异于面对面时看到的模样，就连理过的眉毛长出的青楂儿都完全显露出来了。

雄大用异样高亢而尖细的声音，像女孩子般问了句："要做吗？"他的眼中浮现责备我的神情。

"你不想的话就不做。"

我回答。比起亢奋，倒不如说有点吃不消。雄大视线低垂，谈论梦想时那样高谈阔论的声音现在却萎缩着，应道："我想做。"

我记得我们初次接吻的时候，我可以明确地感觉到他的心跳快到几乎要冲破胸膛。

下一瞬间，雄大伸手摸了摸我的头。

抬头一看，他深情款款地看着我。"突然觉得你好可爱。"他太过直白地向我坦白，然后吻了我。

我微微睁眼，挪开身子，结果他粗鲁地按住了我的手臂……

"不用啦，不要啦。"

雄大的野蛮，让我只觉得痛。即使出声抵抗，他也不肯罢手。我脑袋就像碳酸饮料似的，泡沫在滋滋地扩散。我渐渐地弄不清自己被做了什么，脑袋只是一片眩晕。明明一点都不觉得舒服，然而那淡淡的一瞬间，我的声音停了。这是我第一次像这样高潮。

"吓到了？"

雄大停手俯视我的眼睛，开心地问。我答不出话来。被触摸的部位因为他放开手，又开始阵阵刺痛。

"你没想到能被我弄到高潮吧？……难道你开始担心起我其实是个花花大少了？"

他看起来从心底觉得兴奋。

"难道这是你第一次高潮？听你之前形容，我一直觉得你以前的男友一定是那种草草结束的家伙，我讨厌那种的。"

他可能是确信自己占了上风，表情越来越明亮。我忍不住深深地叹了一口气。

"我松了一口气。"

"为什么？"

"我以为我太积极，吓到你了。"

雄大微微地笑了。"我觉得你应该也没多少经验。"然后他这么说。

"因为你那种方法……我一想到你明明不太懂，却勉强帮我做，就觉得好开心。"

我没有回答，只是搂紧了他。他什么都还不晓得，纯真地深信电影和杂志的知识就是一切，那种逞强和虚张声势都叫人好气。

我觉得看起来比我成熟许多的雄大总算降到与我相同的地平线，甚至感到放心。

"考上医学系以后，你接下来的梦想是什么？"

"足球。"

他在床上这么回答时，我甚至忘了眨眼地回看他。如果他再慢一拍才继续说，或许我已经反问出声了："啥？"可是雄大的表情严肃极了。"等我考上医学系，我要以日本足球运动员代表为目标。我现在不管做什么，只要稍微松懈，就会被考医学系的事还有对将来的不安搞得非常紧张，可是只有足球不一样。只有踢足球的时候，我从心底觉得开心。可是运动员的寿命都很短，所以实现足球梦以后，接下来我要全身心当医生——等到我当上日本运动员代表，我打算把我没交女友、全身心投入念书和足球的过去告诉大家。我准备亲吻冠军奖杯，宣布：'我一直把我的初吻保留到这一刻！'"

他的微笑即使在这个时候也美得无懈可击。

"我长得也还算普通，就算说我把初吻留给奖杯，也不会有人认为我是因为没有女人要才没交女朋友吧？——不过我刚才跟你接吻了。"

"你现在也在踢足球吗？"

"嗯，体育课的时候。"

但是，大学选修的体育课一星期只有一堂。我几乎是目瞪口呆，感觉刚才还亲密无间的他突然又变得好遥远，有一种把在海上漂流的他拉过来，不知不觉间对方又浮游到天空去，捉摸不定的心情。

涌上心头的是愤怒。

为什么他不能把梦想限定在我也能一起沉醉其中的范围？他说"远大得疯狂"的梦想，还真的简直是疯了，太过分了。

"之所以想当医生，是因为当医生有经济保障，我认为这也是为了投入想做的事情而必要的基础。"

雄大的口吻越来越甜美，完全就是沉浸在美梦当中。梦想或许是一种信仰。看到他静谧而毫无阴影的表情的时候，我这么想。

"比方说，你说你想出版绘本，可是只要当上医生，也可以等到上了年纪以后再画。我选择当医生，就是为了在人生中得到这一切。"

"你想画绘本吗？"我反问，觉得自己的梦想被轻贱了。

他微笑着说："如果要出书，我想写小说或长篇文章，这也是我要实现的目标之一。"

作为一个立志当医生的人，或许这比抒发食古不化的正义感或薄弱的伦理观来得好。——我这么想。他说的"经济保障"，意外并且狠狠地掴了应该赚不了什么钱的我的梦想一巴掌。

我们当时都是大二学生。大学校园里到处都是情侣，不是在系里认识，就是在社团认识，否则就是朋友介绍认识，每个人都尽情享受属于学生时代的乐趣。若说不觉得寂寞那是假的。在别人眼里，我和雄大顽固地用只有自己才懂的语言沟通，是完全不肯理解周围话语的一对异类，出于寂寞而依偎在一起。

刚开始交往一阵子后，雄大就告诉父母他准备考医学系，想要休学。他的父母很困惑，想说服他先把设计工学系念完再说。

"我觉得就算从芹叶大学现在的研究室毕业，也找不到什么像样的工作。"

深夜，在我的房间，雄大与父母打电话的内容，有时会让同一个研究室的我感觉胃疼。

我也正为了没有着落的插图工作沮丧不已。即使没有成果，我仍然能够继续向出版社投稿，还有参加插画比赛，我觉得都是受雄大的影响。只因为我心怀梦想，才能在他的心中占有特别的一席之地。如果不继续追求梦想，就没有资格再当他的女友了。我不想被他瞧不起。

"不要休学，继续留在研究室怎么样？"——即使被父母劝说，雄大也犹豫了好一阵子。结果发生了意外的事。他抱紧了我说："可是见不到你，我会寂寞。"

我好开心。

我不认为我的存在是他的一切，但他决定要和我一起从芹业大学毕业，然后我们就像许多在外租房的情侣那样，泡在家里。

雄大只知道沉浸在自己清洁无菌的世界。他经常无意识地说出让我开心或是狠狠刺伤我的话。

系里考试结束，我提笔创作搁置已久的绘本。我把作品交给雄大，请他看看，他为难地缩回身子说："你放在那里吧，我会看，虽然我不会马上看。上次你拿给我看的时候，我觉得你的文章写得很幼稚，然后我就读不下去了。如果你觉得受伤，对不起啦。"

他关怀似的把手搭在我的手臂上，抚摸着我的背。我的身体从感觉到他触碰的地方开始变冷。

"幼稚？"

"可是不管内容怎么样，你朝着梦想努力的态度我很尊敬。我觉得很棒，我会为你加油的。虽然我个人觉得不行，不过读绘本的人或许会喜欢你的风格。喏，电视节目也是啊，尽管我觉得很无聊，几乎都不看，可是世人不都很迷电视节目吗？"

他说的"世人"，指的是平凡、庸俗的这类人。我再也说不出话来。

"对不起。"他微笑着对我说，"我爸妈跟我姐都说我这种个性绝对不适合当上班族。因为我实在不会撒谎和拍别人马屁。"

即使如此，还是喜欢他的我真叫人怨恨。

我对我的画有信心，也珍惜自己的梦想。既然雄大这么说，也没办法——我这么安慰自己。我想要男朋友，也想要可以依偎在一起入睡的伴侣。

我从来没有想过，如果雄大的梦想实现以后，我就会有个医生男友，或是受惠于他所说的经济保障。

或许，他为梦想不知何时超越了他自己，这样说会中听一些吗？

学生时期黏在一起的两年，就是这样的。"喜欢"，就是这样一种恶魔的感情。

4

坂下教授注意到我，或许是因为我不像其他女学生那样明显地化妆或注重打扮。我的长发很随性，学生时期也几乎不穿裙子，鞋子几乎都是运动鞋。

其他大概就是我在画图，还有对其他人义务性交作业，我会多花一点心思去做。此外，我为了让学生时期的经验在工作中派上用场，常向教授借书，并且每次都附上简短的感想。我不记得自己有什么突出的表现，但这些事一点一滴地让教授对我的印象变好了。

剩下的大概就是烟和酒。

其他女同学碰巧都不会喝酒，也不抽烟，所以在教授心里，只有我一个人符合他印象中的典型。从这个意义来说，坂下老师是个很学者气的人。

"不怕酒也不怕烟，而且总是在跟男生议论某些话题，二木同学真是厉害。"

聚餐时我听到教授高兴地这么说，心想原来在老师心目中我是那个样子的，我决定让这个印象就这样维持下去。实际上除了做研究和实习，我在研究室几乎没有跟其他男生私底下说过话。

"坂下老师把二木当成爱徒啦。"

"二木，昨天发的资料信封袋里面，有没有教授家的备份钥匙？没事吧？"

其他同学常这样调侃我，但大家的语气都很轻松。教授还单身，但个性古怪到了极点，除了做研究和学问以外，对其他事情都没兴趣。

坂下教授不知道我和雄大交往的事——或许直到最后都不知道。学生在教师面前巧妙地隐瞒自己的人际关系，但在学生之间是公开的事实，每个人都视"揭发"为禁忌，一直到高中都是如此，大学也没有什么不同。

大三接近尾声的时候，学生的话题大半都被研究所考试和求职活动占据了。每次听到同学穿着正装去拜访哪里的毕业学长学姐、去索取资料的话题，我就想捂住耳朵。一想到学生生活早已过了折返点，我就觉得快要窒息了，逃避似的投入绘画。

"个性太强了。"也是这个时候，我投稿送插图去出版社时，被编辑这么批评。

我认为我的画风长处是笔触，被看出是会引来好恶两极评价的特殊风格。但编辑说要想成为一个全能型插画家，这是个致命伤。

我不服输地铆起劲来，画出极力迎合编辑指出的独特作风的画作，然而完成时一看，却是毫无特色、空洞的庸俗作品。继续画图渐渐让我感到痛苦，可是我没有其他长处了。我不断地重复单调的作业，画出一幅又一幅作品，这个时期也是我人生中最拼命推销自己的画作的时候。

就在这个时候，教授打电话来了。

"二木同学，你这阵子偶尔会迟到，这是什么意思呢？"

以为肯定没什么事而接起的电话却传来冰冷的声音，我瞬间面色苍白。我被同学说是教授的爱徒，一直是模范生，只是这样就被吓得仿佛天地倒转过来，脑中一片晕眩。

迟到的不止我一个。

坂下研究室的风气原本就很随便，原因之一是要考研究所的学生没有其他研究室那么多，而且大三、大四的学生已经开始求职，很多人在上课了才进教室。

像今天，课都上一半了，矢岛和另一个女生才一起进教室——坂下老师也像这样打电话给她们吗？

过去不断被贴上的"爱徒"标签，让我背脊发冷并想剥离下来。老师一定只打电话给我一个人了。"爱徒"就是这个意思。

我用力忍住想要辩解的冲动，说出来的"对不起"听起来好遥远。

"这阵子我忙着求职，结果迟到了……真的对不起。以后我会注意。"

"我不是想听对不起或是抱歉，我是问你是什么意思？"

"我想我利用了老师对我的关照……"

"这样我很累，知道吗？要是有人晚到，我不是得重讲一次前面讲过的内容吗？"

教授的声音听起来像是喝醉了。或许是在晚饭的时候喝着喝着就再也无法压抑先前一直忍耐的气愤了吧。

"你在大学以外要做什么都没关系，但我的课要遵守时间过来——这是我跟大学，还有你之间的契约吧？我也是像这样在过去各种竞争中脱颖而出，走到现在这一步的。"

我听着论点逐渐偏离，没完没了的牢骚，一个劲儿"是、是"地应着声，明明对方又看不见，却不断地点头答应。我觉得丢脸极了，都快哭出来了。

"我也会提醒你之外的其他同学。总之，你今后要留意。"

这时电话另一头的教授不知为何突然笑了，不是为了缓和尴尬，而是"嘿嘿，嘿嘿"，不小心露出来的笑声。一想起他那松垮的嘴巴，明明过去不管被任何人调侃都没有动过那样的念头，现在我却突然在教授身上感觉到浓烈的男性气味。

我挂了电话。因为打击太大，完全提不起劲做任何事了。桌上吃了一半的番茄罐头炖鸡肉显得滑稽，一口都不想吃了。

那天我把发生的事原封不动地告诉来我住处的雄大。我自己也还没有整理好心情，只是想要说出口来，图个平静。听完之后，雄大一本正经地坐到我面前。

"我接下来要说的话，对你来说可能很严厉，可以吗？"

"嗯。"

"迟到是你不对。你犯错了。我们研究室在这方面确实是太松散、太随便了,但迟到的确是违反礼节的行为。坂下老师的心情我可以理解。"

"嗯。"

这我自己也很明白,我想听的不是这种在伤口上撒盐的话。正是因为即使明白,我还是不知道该如何排遣心情,才会把这件事告诉他。在研究室里,雄大的确一次都没有迟到过。可是我想听的不是这种高高在上的训话。

"明天怎么办?"

"在课堂上会碰到坂下老师,还像平常那样就好啦。"雄大应道,仿佛已经对这个话题失去兴趣,满不在乎地吃起我煮的晚饭。"有点淡。"他说道。而我连搭腔的力气也没有,把酱油瓶递给他。

我极力表现得跟平常一样。我不想把电话的事告诉其他同学。次日早上,教授在教室看到我,别有深意地微微点头,只说了声:"早。"老师什么也没说,我觉得似乎得救了。原本我内心七上八下地过了一晚,担心教授酒醒之后会不会跑来向我道歉。即使是道歉,重新挑起这个话题还是令人尴尬。

矢岛今天又迟到了。虽然迟到的不是我，我却胆战心惊，然后怨恨起她来。昨天我才碰到那种事，拜托她不要又惹教授不高兴，好吗？然而教授并没有警告她，只是淡淡地继续上课。

下课的时候，矢岛和其他学生一边嬉闹一边收拾东西时，教授出声唤道："矢岛同学。"

来了。

预料之中的紧张时刻，我忍不住屏住呼吸。

教授说："你最近常迟到，要准时来上课啊。"

"啊，好！"

矢岛尴尬地苦笑，点了点头行礼。然后她就这样别开脸去，准备和其他同学离开。教授也没有再叫住她，转开视线。

我愣住，内心无法处理刚才那一眨眼就结束的对话。教授准备离开讲台时虽然没有看我，但显然意识到我在关注他们。

他已经满足了。

昨天对我发泄一通，得到满足，今天他已经不再把迟到当成问题了，却还是叮嘱了一下矢岛，是因为顾忌我的目光。

好不甘心，可是我什么也不能说。因为我已经知道这个世界就是这么没道理。发现老师的缺点，一一点出来抨击的这种稚气，在我的内心已经没留下半点了。老师，说穿了也不过是人。

忽然间我听到："这太说不过去了吧？"我以为是我在无意识中把话说出口了，连忙抬头，可是声音不是我发出的，而是站起来直盯着坂下教授的雄大说的。

我吃惊，哑然失色。直到这一刻以前，雄大对教授来说，应该只是众多的学生之一。雄大不是不认真的学生，但他因为把考医学系摆在第一位，所以从来没有认真投入正课的研究内容。不论是好是坏，雄大都没能引起教授的注意。

"雄大。"声音来到喉边，实际上我却没有勇气叫他。

坂下教授发现那句话是针对他，讶异地蹙起眉头："什么东西说不过去？"

"老师警告迟到的方式。坂下老师昨天晚上特地打电话给二木同学，为迟到的事骂了她将近一个小时，对吧？相较之下，老师刚才对矢岛同学的提醒会不会太轻了点？"

矢岛她们在教室门口停步看这里。坂下老师的脸一眨眼涨得通红，随即神色凌厉地瞥了我一眼。

"听说老师把教师和学生的关系比喻为'契约'，那么这个'契约'应该对在场的每一个学生都发挥效力才对吧?……虽然我不知道骂学生算是偏心,还是不骂学生才算偏心。"

雄大的语气宛如陈述自明之理般头头是道,顺理成章。

成为学生瞩目焦点的教授不悦地撇下一句"够了",然后顺便似的说:"矢岛同学,等下到教师室来一下。"

教授离开以后,矢岛和其他学生走过来我这里。矢岛也没有不高兴的样子,而是担心地问我:"刚才羽根木说的是真的吗?"

我微微点头。

"老师怎么那样啊?真过分。"有人说。

"什么跟什么啊,那等于是二木代表我们挨老师骂了不是吗?只有二木一个人被骂,太可怜了。"

我处在一股奇妙的游离感中,回应着这些声音:"我没事,没关系。我没放在心上。"

"啊,真讨厌,我也得去挨顿骂了。"矢岛喃喃道。

有人用开玩笑的语气说:"你是真的迟到得太夸张啦。"

我听到一个男同学说:"你胆子好大。"这时雄大也没说什么,只是偏着头说:"是吗?"他对老师的指正,并不是出于任何心机或目的。他以惊人的坦荡,活在洁癖一般的世界里。

"刚才谢谢你。"

离开教室后我说,雄大淡淡地微笑。他似乎连自己夸张地袒护了我的自觉都没有,只说:"因为我觉得老师那样太说不过去了。"

虽然雄大跟我同年,我却觉得他像个弟弟。不知道什么时候,我听人说他形容我"像自己的妹妹",感到意外极了。或许我们对彼此的看法就是这样的。

5

雄大没办法毕业,是他自己的责任。

升到大四,周围人更热衷于讨论出路的时候,雄大又跟父母起了冲突。毕业课题的问题越具体,他就越坚持要立刻休学准备考试。不是只差一年了吗?不是说好等毕业再应考吗?他父亲试着说服他,雄大对着电话粗声怒吼:

"可是弄毕业课题需要非比寻常的劳力啊,何必把时间浪费在人生不需要的事情上!"

父母不同意他休学,雄大很不高兴。"我今年就要报考医学系。"他说。他也确实把毕业课题的准备丢在一旁,报复父母似的更加投入应考准备。

"只要有东西交出去,就可以毕业吧?反正我要去读医学系,现在工学系的毕业成绩不好也无所谓。"

他的论述只能在他狭隘的常识和经验里发挥作用,我劝他应该认真准备毕业课题,被他忽视了。

我在任教于故乡群马县中学的母亲建议下,参加了母亲朋友任职的私立高中教员录用考试。

我并不是放弃了迟迟无法萌芽的插画家之路。其实,我原本打算拼命念书考研究所,因为只要进了研究所,得到学生身份的保障,我就可以继续画插图。

母亲开出条件,要我先去考考看,如果没考上那所高中的职位,上研究所的学费可以再看看。

我一上大学就自己修课设法取得了美术教师的证书,希望能在将来加一点分。我在大学市内的合作学校与立场相同的学生进行教育实习。实习的那个月,对于平常懒散惯了的我来说相当难熬。

为了杂务和制作教材忙得晕头转向的时候,实习生同事腼腆地亮出用 Excel 制作的教材表说:"我男朋友帮我做的。"我好羡慕,想请雄大也帮帮我。

"可以是可以……"

显然在提防我要提出什么要求的雄大用不耐烦的口气问:"我要弄什么?什么时候?怎样弄?"明明刚才还在房间里面打游戏。我这么一说,雄大便吼了起来:

"那是我自己的时间好吗?!就算我看起来在玩,也是决定好的散心时间。不管是用在准备考试,还是用在大学功课的时间,我的每一分每一秒都是规划好的,你插队占用我的时间,还抱怨什么!"

"对不起。"

我乖乖道歉,为拜托他而后悔。

原来雄大跟实习同事的男朋友不一样,没有时间可以分给我——不是物理上没有时间,而是心里根本容不下我。

雄大是一个绝对不能委身依靠的情人。我要用自己的双腿向前迈步才行。

教育实习的时间非常快乐。有些人是真心想成为老师,也有些人像一开始的我一样,只是为了拿个教师资格而来。

没有人像我和雄大那样拥有特殊的梦想,但是和他们聊天很愉快。当我犯了错,而大家不求回报地协助我挽回时,我打从心底感激,觉得人的善意和亲切竟是如此美好。

我和雄大竟指着这些人说他们思考停滞了,他们不也是脚踏实地,向着自己的梦想努力吗?我觉得自己过去虚张声势地只执着于插图既渺小又肤浅。

我考上了原本只打算姑且一试的职位，拿到了美术教师的内定，但决定之后又犹豫了。我真的打算回乡下吗？只是上了大学，离开父母身边几年，我已经无法想象在家乡的生活了。雄大只说"随便你"。最后推了我一把的，还是母亲说的话：

"如果你有什么想做的事，就一边工作一边努力吧。筑梦也要踏实啊！"

我害怕可能会被雄大轻蔑。可是那时候雄大满脑子只顾着自己的出路，完全没把我放在眼里。

那一年，我为他的毕业课题出了很多力，反而看在旁人眼中，讨厌浪费人生的他，做的却净是些浪费人生的事，真不可思议，而且讽刺。

升到大四以后，他也继续去上大一、大二年级学生才上的选修体育课，结果在足球赛中右脚骨折了。他拖着夸张的石膏腿和拐杖回家，咬着指甲，抓着头发，大叹：

"我要怎么办才好？居然没办法踢足球了。足球是我人生的一切啊！"

受伤的脚只要几个月应该就能走了，但如果要完全恢复就要尽快接受手术。

"手术要等我考上医学系再说。"他索然无趣地叹息。

坂下研究室同届的同学里,只有雄大没有拿到能够毕业的分数。

从那个时候开始,坂下老师和雄大的关系正式变得水火不容。"为什么不让我毕业?我到底哪里不好了?"每次去教授的研究室,雄大就跟老师大吵。与父母讲电话时也好几次冒出"我要告他"的话,让我惊惶不已。雄大不情愿地接受留级的事实时,我已经完全准备好要离开大学,回故乡去了。

"虽然晚了一年,但我还要准备考医学系,明年一定毕业。"雄大说。

6

每个月一次,我在周末拜访雄大的住处,我们的男女朋友关系就像这样,后来又持续了两年。

我毕业以后,他依然专心准备医学系的考试,隔三岔五去一次坂下老师的研究室。"事到如今,我不想换去其他老师的研究室,可是也不想看到他。"他在我毕业那年的春天说。

那一年的医学系考试，他落榜了。

"就算没毕业，只要先考上医学系就没问题了，真不甘心。"

虽然我曾经受到不合理的责骂，但毕业的时候，我和坂下教授在良好的关系中道别了。毕业后，我再回大学去找雄大时顺道拜访了教授，教授说很担心他。

"如果他能常来研究室就好了。他不肯求助，我也没法帮他。如果你见到他，可以帮我劝劝他吗？"

教授应该不知道我和他的关系，完全是出于善意而说的。"好的。"我答道，也是这么转告雄大的，但我不记得雄大是怎么回答的了。

渐渐地，我越来越像个高中老师了。

常有人说，教师的视野狭隘。但小小的教室里，学生和包括学生的家长，就像社会的缩影，我常为此烦恼不已。通过自己挣钱，我有了理财观念，也学会陪上司的一时兴起，还有在职场中不得不学会的压抑与隐忍。

我在职场上碰到的事，雄大大抵都用一句"真辛苦"带过，然后耸耸肩说："所以我觉得我没办法做那种工作。"

如果成为医生，复杂的组织与人际关系上的压力，绝对不是我现在的工作可以比拟的，但我不知道他对这些事的想法是什么，没有吭声。

从这个时候开始，我经常计算接下来的岁月。

雄大现在要进医学系，要花上几年？毕业要用几年？就算顺利考上医学系，毕业也要六年。医师的国家考试也不一定可以一次就考过，还有实习两年，然后，然后……

——二木老师觉得宝井老师怎么样？

同期进学校的宝井是个认真和善的男老师。他教化学，总是穿着白袍。

感觉宝井从出生以后就没修剪过的粗眉毛和他的小眼睛格格不入，土里土气的大眼镜与那身白袍的印象混在一起，塑造出一种外星人般的风貌。然而一拿下眼镜，又让人联想到螳螂那类昆虫——眼睛之间的间隔太大了。

——二木老师很想结婚吗？

认识没有多久，宝井就毫无技巧、开门见山地这么要求交往。"如果跟我交往，未来就有保障了。"——我觉得仿佛被这么暗示，难受极了。宝井完全不是我喜欢的类型，但工作后疲惫的心，让我偶尔禁不住动心，这令我自觉窝囊和软弱。

上司都是上了年纪的乡下人，似乎觉得把年纪相仿的年轻人放在同一个地方，有所发展是很自然的事。宝井老师人很老实，而且有份稳定的工作，所以各方面条件无可挑剔。宝井或许是被这份自信推动，才向我告白的。

我想大声说"不是"。

我笑着闪躲上司的调侃，好想让上司和宝井看看我的男友，看看雄大那漂亮的侧脸。

我不属于这里。

我不想和雄大结婚。我还没有那么具体的感情走向，只是跟他在一起那么久了，单纯地觉得今后也会一起走下去。

我第一次动念头：如果他肯放弃梦想就好了。

如果雄大能跟耗费太久的梦想做一个了结，选择宝井或我这样踏实的人生，不管是我还是雄大，都不知道能有多轻松。

我听身边的人说过，有些情侣因为一个进入社会，一个还是学生，金钱观和价值观不合而分手。我和雄大也开始出现这种情形了，而且全是些微不足道的小事。他让有收入的我付账，或是不去学区的廉价居酒屋或家庭餐厅，而想去更高级一点的酒店。

我持续投稿的插图被登在一本小美术杂志上时也是这样。

篇幅很小，而且虽然上了杂志，但不会立刻为我带来工作,不过编辑在旁边评论道:"这是只有她才画得出来的温暖世界。"我在书店看到杂志,觉得心里仿佛亮起了一盏明灯。我一次又一次重读那栏文字,回家之后哭了。

我联络雄大,他说"恭喜"。几天以后,他说:"每次我去大学合作社,都会看到那本杂志。"

昨天也看到了。今天也看到了。

这是件微不足道、根本用不着放在心上的事。可是我就是在乎了——雄大一直到最后,都没有掏钱买下那本杂志的念头。

"我会在新的一期出来以前再去看一次。"

他询问杂志发售日的天真语气让我再也忍不住,终于问出口了:"你不买呀?"

雄大很吃惊。

"我买了要做什么?那个杂志是专业书,很贵。出版册数应该也没几本吧?"

我不知道他对我们的关系有多深的嫌隙,可提出分手的是他。

当他用不同于平常的紧张声音在电话另一头说"我有事要跟你说",用不着防备,我早就知道会有这么一天。

"我们分手吧。我现在这种状况,不知道什么时候才能像以前那样轻松地跟你见面。"

"如果你念书很忙,像现在这样暂时不见面也没关系。"

如果他不挽留的话就死心吧。我难过得不得了,但已经有了心理准备。

结果他接着说:"老实说,我跟我姐商量过了,就是现在的状况还有你的事……结果我姐说,如果人家已经在工作了,接下来一定会提结婚。与其让对方心存期待,跟人家分手才是为了对方好。"

他满不在乎地这么说出口时,我脑袋深处同时听到了耳鸣还有全身血液沸腾的声音。

我头一次尝到这样被侮辱的滋味。

不愿意被他这么想,也绝对不想被他这么说,我才努力用自己的双脚站立,用这种交往方式和他走到今天。我以为他懂,原来他全不明白?他竟然宁愿相信我见都没见过的姐姐做出来的结论?

雄大的家人对于都已经超过二十岁的儿子的出路和恋爱,都毫不保留地摊开来大家一起讨论吗?

包括他毫不内疚地揭露第三者言论在内,我恨极了,几乎要停止呼吸,答道:"好哇,那我们分手吧。"结果这下似乎换成雄大吃了一惊。或许他以为我会坚持一点。

"可以吗?真的吗?"

不要发出那种寂寞的声音。你的父母、姐姐，还有围绕着你的环境，一直以来都是用多么纯净美丽的事物呵护着你。光是想到这一点，我就一阵头晕目眩。

难怪我对你这种程度的娇纵，甚至换不来一丝感谢。

"就算分手了，我们也要继续当朋友哦。我想要继续支持你的梦想。光是想想几年以后我们会变成什么样的人，在做什么样的事，就真的好期待。然后回想起其实我们以前交往过，那不是很棒吗？"

我连回话都没办法开口，便挂了电话。

我捂住眼睛，总算能一个人静静地流泪，结果雄大似乎被我的拒绝吓到，马上打电话来了。手机画面上不断地闪烁着他的名字。手机仿佛不曾考虑过无人接听这回事，振动个不停。

"对不起我甩了你。"

听到这话的瞬间，我后悔接了电话。

听起来就像小朋友误用了刚学到的词。什么"甩"，我碰上的才不是那样单纯可爱的事，我遭遇到的是更激烈的别的东西，是丧失。

我一直以来交往的对象到底是谁？

我醒悟到那个人根本不存在，茫然自释。

"我爱你。"刚交往的时候,我曾这样呢喃过。

睡在我身旁的雄大毫无防备的睡脸忽然令我无比爱怜,我伸手触摸他。那一瞬间,我发现自己认定除他以外什么都可以不要了。他的梦,我的插图梦,这些没有实现都无所谓。只要今后也能在一起,只要被他需要,就够了。我想要变成你所嘲笑的平凡情侣之一。

觉得光用"喜欢"无法形容而使用的词汇,令雄大困窘地蹙起眉毛。

"我喜欢你,可是我不懂爱。我不想用我不懂的词汇。"

不会撒谎,清冽、正直的男朋友。"这样啊。"我喃喃地说,为了隐藏涌出的泪水,我把脸埋在被子上。

7

雄大提出分手时,我身边还没有什么人结婚的消息。但是过二十五岁以后,有人结婚也不是什么稀罕事了。

我觉得大学以前的恋爱,是不能在老师和大人面前提起的禁忌游戏,但步入社会以后的恋爱,是将来要结婚的大人公认的生活的一部分。当然会有更多的束缚，但是和另一个人成为一家人就是这么回事吧。我再也没有十几岁时谈恋爱那种"背德之感"了。

雄大去参加高中朋友的婚礼，回来报告说："吓死我了，红包要包那么多钱吗？——四下看看，跟我同年的家伙每个看起来都像大叔，没想到他们老那么多，我好吃惊。"

雄大给我看的照片，在我看来全是些符合年纪的年轻人，完全不是雄大所说的"大叔"。

我想他是不会明白的。

因为没有见过真正的大人是什么样子，才无法觉察到他们的年轻。

与雄大的"分手"是虚有其名。

当时我也还太幼稚，会去相信遵守"继续当朋友"这种自私的要求才是成熟的表现。

对彼此的义务和责任都减少了，我可以去交新的男友，也可以不再继续等待雄大的梦想实现而为他担忧、烦躁了。可是我眼里只有雄大的时间实在是太久了，我无法想象去触摸他以外的人，或是与别人接吻。

我不知道自己居然这么笨拙。"喜欢"这种恶魔的感情仍牢牢地纠缠着我。聊胜于无的感情也是一种恶魔,我会接他牢骚埋怨的电话,还是一样搭新干线和慢车去芹叶大学附近他的住处,偶尔也会在中间地点的东京的爱情宾馆见面。

交通费三万日元,宾馆住宿费一万日元,餐费三千日元,茶水费一千五百日元。

与他上床后踏上归途时,我想到原来我花了这么多钱跟雄大做爱,这岂不是形同因为没办法跟其他男人上床,所以花钱买他吗?

什么继续当朋友,听了叫人笑话。

我跟他从来就不是朋友,也不是情侣,连是否曾是朋友都很难说。

我觉得或许我该考虑一下宝井的事。我听研究室的毕业学姐说工作以后就没有邂逅了,实际上真是如此。在我身边,未婚的男人只有宝井一个。

私立高中异于公立学校,没有调职这回事,宝井在被我拒绝以后也以非常自然的态度面对。当然有过尴尬的时期,更重要的是,他有事没事就暗示自己还没有放弃的态度,这让我觉得麻烦,但他并不是坏人。

虽然不是我喜欢的类型,但他喜欢我,我觉得如果试着交往或许能渐渐喜欢上他,和雄大交往之初的时候彻彻底底不同。可是像那样爱上雄大，结果我得到了什么样的下场？

大学最多可以留级四年，但雄大一直没有考上医学系，现在还留在大学，如果今年不毕业，他就要被退学了。他心不甘情不愿地拜访坂下老师的研究室，被这么宣告这个结论后，他的不平不满变成短信和电话倾倒到我这儿来。他一再地说"没办法承受"。

雄大今年已经没有退路了，这一点教授也很清楚。坂下老师的话意思是，即便过去雄大只要把该交的功课交齐，应该就会给他最低的分数，让他毕业。我像个母亲般谆谆教诲，总之，让雄大去找老师，结果他丝毫不掩饰自己的不悦。

"可是那家伙莫名其妙啊……结果我还是把我的梦想告诉他了。"

听到雄大说出他最珍惜的秘密，我哑然失声。

"我明确地告诉他，虽然等我当上医生，独立开业的时候已经三十五岁左右了，但我还是不会放弃。我啊，才不要过他那种悲惨的人生呢。虽然我也不知道我会不会结婚，可是你说说，那家伙活在世上究竟有什么乐趣？"

他不可能把这段话当面跟老师说。我让自己这么想，而且我怕得不敢问明白。

他把自己的梦想告诉教授多少？总不会连足球的事都说

了吧？我也想要这么去想。

我答应宝井吃饭，他开心得几乎把我吓到了。

约好吃饭那一天的放学时间，我一个人在美术室改期末考卷，有人轻声敲门，进来的是我任教的一年级二班的真野同学。

他点头行礼，动作很僵硬。真野仍是个孩子，皮肤光滑，没有长胡子，也没有冒痘，泛着淡淡红晕的脸颊长着透明的汗毛。我瞬间一阵心惊。因为那锐利的眼神和淡色的刘海看起来跟雄大有点像。

"怎么了？"

我佯装平静地问。我一直觉得这孩子很可爱，也知道他在女生圈中很受欢迎。"老师，我可以问一下吗？"真野紧张地问我。

"将来我想从事跟绘画有关的工作……"他这么说的时候，我觉得有股怀念的风掠过耳边，是柔软地悄悄溜近，有点寂寞的、揪心的夏末凉风。

"绘画？"

"对，绘画。"

我模仿似的呢喃说，把真野逗笑了。我也微笑。我觉得自己的笑应该十足成熟。

"你说绘画,具体来说,是什么样的工作?"

"我想当画家,可是要当画家很困难,而且听说也很难养家糊口。"真野叹息说。

"可是我想当插画家或画家,想知道要实现愿望,现在要开始做哪些准备才好呢?是该上美大比较好吗?我完全没有头绪,所以想找老师商量。"

"这个嘛,我们学校以前好像没有学生考过美大。不过,如果你是认真想走这条路,老师会帮你查查看。"

"谢谢老师。"

"你喜欢画画吗?"

"喜欢。"

"这样啊。"呢喃的瞬间,我的脸违背我的意志,浮现无力的笑,"要考美大的话,或许你应该去绘画教室上课,老师也帮你看看哪些地方不错。"

"不能请老师教我吗?"

"我?"

我吃惊地回看真野。真野的眼神强劲有力,看着他的眼睛,我内心某处猛地失去平衡,就要被看不见的力量吞没,但我在越线之前撑了下来,摇了摇头。

"我不行。我帮你找个可以从基础教起的地方，有能力的老师。"

"这样啊。"

他点点头，看起来还觉得遗憾，让我不合宜地感到内心一暖。谈完之后，他也没有立刻离开美术教室。一阵短暂的沉默，我看着他的脸，同时他抬起头来。

"……老师有男朋友了吧？"

听到那紧张而哑了一半的声音瞬间，我瞪大了眼睛。

下定决心从正面注视我的那张脸底下，紧捏着制服长裤的手微微颤抖着。强装若无其事，却仍流泻而出的感情透过空气传染了我。

"有。"我当下答道。

脑中浮现的不是接下来要一起去吃饭的宝井。

紧张从真野的脸上消失，取而代之浮现的是"果然"的断念，看起来也像是松了一口气。"说得也是。"真野回答，垮下肩膀，离开美术教室。我假装迟钝，送别他，说"再见"。

我一个人留在房里，瘫坐着无法起身。

我玩味刚才发生的事。

他说的话、纯真无邪的表情、淡淡的梦想，一切都好慢好慢地涌了上来，在视野底部张起又白又热的一层膜。

为什么呢?

我觉得我再也得不到任何清纯的、美丽的、憧憬的事物了。我觉得我再也无法选择了。

做梦,是一种才能。

做梦,是只有无条件相信正确的人才能被允许的特权,毫不怀疑、相信正确,强迫自己走在正确的路上。

那是一种只能活在水缸里,有如观赏鱼般的生活方式。可是,我已经无法奢望干净的水了,今后我能得到的水,不管多么微量,一定都掺杂着泥沙。即使觉得窒息,我也只能喝下它活着。

当上老师以后,我从学生的氛围中察觉女学生在背地里直呼我的姓。"二木的课好烦啊。"我警告不认真的学生以后,被悄声咒骂"去死啦",也只是假装没听见。我知道教师这种以小孩子为对象的职业就是会碰上这种事——不管再怎么受欢迎、漂亮又温柔的老师,我自己当学生的时候,确实就是用这种态度对人家的。

一半的我沉溺于过度强烈的梦想世界,现在仍停留在大学时代。从今以后,不管发生任何事,我都得拖着剩余的一半走下去。

——雄大。

我出声唤道：雄大。

我一直瞧不起他，觉得他是个烂人，在心中不断地咒骂他，也曾沉浸在优越感中，觉得他是个没出息的家伙。

可是到了这个地步，我才总算确信了。

他做着梦，甚至没有想过梦想或许不会实现。他这不是逃避的自觉，而是深信梦想绝对会成真，毫不怀疑。从一开始就是，坚定不移，直至今日。

我是不是输给了雄大？

"未玖。"

坂下教授被人发现陈尸在研究室，打电话来的雄大声音虚弱极了。

"对不起。我怎么样都想再最后见你一面……"

那个时候，如果他没有说出那个关键字眼，或许我已经挂了电话。可是他说了，用恐惧和紧张颤抖的声音，仿佛这就是最后一面。

"我爱你。"

理智烟消云散。

我什么都没有，连做梦的力气也没有。清冽的水的气息散发出近乎危险的光辉在电话另一头呼唤着我。

"你在哪里?"我压低声音问。

8

虽然察觉不到有人监视或跟踪,但以防万一,我决定先去高中上班再前往。"我觉得不太舒服,可能感冒了。"我对同事这么说,然后早退了。

"我没办法自己开车,我请人来接我。"

连丢下车子都编了个借口,我偷偷溜出学校,跑到车站,跳上电车。

换乘新干线抵达的盛冈车站与我所知道的任何一处车站都不同,陌生极了。离开高崎时还是晴朗的天空,现在看起来一片阴霾,应该不只是因为从上午变成了下午。不知是否心理作用,穿过鼻腔的空气好冷,我感觉自己来到了连季节和气候都截然不同的地方,不安到差点尖叫。可是我已经来到这里了。

我找到了雄大所说的旅馆。房间里,他脸色苍白,头发变长了,胡茬儿也变得醒目,比什么都明显的,是眼神萎靡了。脸颊消瘦,皮肤粗糙。我们一个月没见面了。

我大学毕业以后，雄大的外表变了很多。过去纯粹的年轻和漂亮销声匿迹，只有那种拼命停留在原地不肯改变的人才有的疲惫和幼稚浮出表面。

"未玖。"

他没有表现出哭求的丑态。

他看到我，露出甚至让人感觉从容的微笑，呢喃说："幸好你来了。"

旅馆房间里的光线很暗，淡粉红与米白色直纹的壁纸、室内的床铺、枕边的面纸和避孕套，全部都像梦境一般，罩着一层迷蒙温暖的空气，没有现实感。

雄大大口吃着我从超市买来的便当，用力举起水瓶喝水，茶水从唇间溢出，滑过下巴。雄大连嘴也不擦。浴室传来浴缸放热水的声音。

我们一起泡澡，雄大在浴缸的热水中呢喃似的说："摸我……"

和雄大在一起的第一年，因为只能从杂志和影片里学，他一直想拿我试遍世上被视为"舒服"的姿势。

是从什么时候开始，我们做爱的模式固定下来了？

我想要想起些美好的回忆，脑中浮现的却净是这些。

他口中吐出的仿佛赞美般的呢喃，让我毛骨悚然。拜托，我累了。冬天寒冷的浴室里，拧开喷洒的莲蓬头水声中，我却微笑着奉陪到最后。

疲倦的日子，我停下来想，雄大这样的人到底有什么意思？

"……你杀了坂下老师？"

我抚摸着雄大问，他慢慢地抬头看我。

他的神情没有动摇的样子，眼睛也看不出情绪。温暖的热水中，我的手从他身上离开，雄大没有阻止。倦怠而甜美的迷蒙空气散去，彼此的脸清楚地显现出来。

"我没有杀他。"他说。

他的话隐含着许多矛盾，但我不知道他对此究竟有多少认知。

"我没有杀人却蒙上嫌疑，才会像这样四处逃亡。就算被抓，我也会坦白说，我没有杀他。"

"那你为什么要逃？"

"因为照这样下去，毫无心理准备就被抓，我会被当成凶手。所以……"

"你骗人。"

脱口而出的声音很冷静，也很悲伤。他大概都没有觉察到他在对我撒谎。在他看来，他认为正确的事才是真实，除了自己是真实的以外，即便是现实，也都是邪恶的。

雄大一下子就沉默了，一会儿后他说出来的话并不是在认罪。

"应该没有确凿的证据可以证明是我干的。没有人看到，指纹也擦掉了……喏，那间研究室我为了毕业去过好几次，就算查到指纹，也根本不能当成证据。就算警方拿出来，我也绝对不承认。开什么玩笑，我的人生怎么能被那种家伙搞砸？就算被抓，也绝对会因为证据不足被释放。而且，我绝对不会自首。"

"绝对"，这是他自己知道走投无路时总会挂在嘴上的话。说着说着，他的脸颊泛出血色，语气渐渐恢复劲道。

"被侦讯拘押的时间浪费了虽然可惜，不过也没办法。唉，我都得花比别人更多的时间才能进医学系了，这到底是在搞什么啊？"

"……杀人嫌犯能进医学系吗？"

雄大恶狠狠地瞪我。

"我都说我不会认罪了，不会有事的！而且只是杀了一个人罢了，不会被判死刑的。"

即使事态发展到这种地步,他依然贯彻着泗渡在透明梦想中的态度。我早就知道他是个什么样的人,所以不会惊讶。可是,不管是一条人命还是杀人命案,都是无可挽回的,然而当事人却完全不这么认为,我觉得真是讽刺。

"那你不能逃呀。"我说,"如果一直逃,光是这样就会坏了警察的判断。你得回去才行。"

"……让我考虑一下啦。"

看到他不高兴地抿紧嘴唇,我意外地想起了自己的母亲。如果劝我筑梦要踏实,让我回到故乡的母亲知道我交往的对象是这样的一个人,她会作何感想?见到他之前,我毫不犹豫地只想来这里,然而现在我却搞不懂他所在的世界与母亲所在的世界哪一边才是洁净的了。我不懂哪一边才是我的归宿。

那天晚上,我呆呆地看着乍看之下新颖、细看却处处渗出污渍的天花板,回忆起从学校早退冲到车站紧张得大口喘气,还有当时怀抱的决心就像大朵的花慢慢凋萎似的崩解而去。

夜里眼睛睁着,视野却一片漆黑。终于落入浅眠,夜半醒来,身旁的雄大身体微微摇晃着。

我闭上眼睛，想在退房前勉强再睡一觉，然而那神经质的摇晃声却没完没了地持续着。

9

我真的没有想过见面以后的事。

只要见到他，接下来我甚至没有决定的权限，状况一定会有所进展。他会带着我一起逃亡或是听从我的劝说向警方投案，我期望这两种情形。

可是他要求我的却是第三种选项。

他说他还要继续逃亡，要我借给他钱，甚至居然催我回去。

他没有明确地叫我回去，可是显然为了不知该如何处置跑来的我而不知所措。一个人落单的寂寞，以及被我责备的徒劳感在他内心融合、冲撞。

我不知道他要逃到什么时候，也不知道他是否真的以为自己逃得掉——可是来见他的我，确实会蒙上罪责。

"我也一起去。"

声音脱口而出。一想到这就是途中所下的决心，我就窝囊地掉眼泪。再也没有退路了，我也是一样的。

你想再最后见我一面，说你爱我，只是因为想要做爱吗？一知道不再像以往一样，就不要我了吗？

听到我说要一起去，雄大没有更积极地赶我走。

而我则在下定决心之后立刻后悔了。

住这家宾馆的钱，一定还是像之前那样由我来付。一想到我从钱包里掏出一万日元——还有今后也将继续掏出钞票的景象，我就顿时忍无可忍了。

"……你觉得钱全都让我出很理所当然吗？"

我对走出房间，戴上帽子的雄大说。他愣住了，看着我。就算他怪我，事到如今还争这些干吗？我也无法反驳，可我就是克制不住。

"之前也一直都是我付钱。"

"可是我又没有工作，而且现在都什么节骨眼了？"

"累计起来是很大的一笔钱。其实，从很久以前我就一直在想，我……"

"那就算了，你别付就是了。"

雄大不高兴地说，走向走廊尽头的逃生门。他推开沉重的门扉。

"你也不用一起来。"

寒风从满是铁锈、许久无人使用的逃生梯底下席卷上来。雄大打算不付住宿费，从这里溜走。

如果我跟他一起逃，今后我带来的一点资金一定会很快见底。不付钱直接逃走或许是个好主意——然而我赶上去，踏上逃生梯的平台，看到他准备下楼的细瘦背影时，忽然冷静下来了。

"等一下，最好还是付钱。与其被起疑报警，付钱安全多了。我来付……对不起。"

雄大回头看我，眼神还在闹别扭似的瞪着我。

在近处看到他惹人怜爱的端正容貌，还有用全身表达不快、想要我取悦的站姿，我赫然一惊，咬住下唇。

——为什么我要道歉？都这种状况了，我还对这个人道歉。

雄大折回楼梯。"那就麻烦你了。"他看也不看我的眼睛说。

"我说……"

风吹了过去。

攫住我的侧边的头发、让脸颊绷紧的风既尖锐又冰冷，就像被它刺激似的，我喉咙深处愈来愈热，站在只有一片金属板的楼梯平台的脚突然颤巍不安起来。

"我不行吗?"我头一次问出口。

雄大大概不明白意思,讶异地看我。

"你的梦想就不能放弃吗?没法实现。雄大,你没有才能。你都念了几年书了,还沦落到这种地步,你不可能进医学系的。你的人生已经完了,没办法照你梦想的路走了。"

他睁大眼睛,冻住了似的僵在原地。我不肯罢休。

我知道他应该怎么做。

只要做一件事就行了。只要执着于他以外的人就行了。只要有一个除了梦想以外不愿失去的重要事物、只要去爱别人,就一定可以感到幸福。

那个人不能是我吗?

一开始犹豫着要不要休学时,雄大说他想要跟我在一起,可是后来的人生,他却不怪罪于我。他莫名其妙地杀害把我当爱徒看待的坂下老师,理由也与我完全无关。

他明明可以把一切怪到我头上。

我想要雄大骂我、责备我,说都是我害的。他不怪罪别人,不是因为他正直清廉,而是证明了他对我毫无兴趣、不执着于我。

我不知道自己对雄大而言,是不是值得执着的唯一对象。而且对我来说,我也不知道雄大是不是我的唯一。可是即使如此，难道就不能把这样的情感、愿望称作爱吗？

"一起去警局吧。就算你被捕、就算被判刑，我还是最喜欢你。我会一直陪在你身边，不离不弃。所以，你不要再沉迷于只有梦想和理想的纯净世界，看看现实吧。"

"啰唆！"

雄大吼道，下一瞬间，他的手逼近眼前，在视野中横越而过——我被猛力掌掴的脸颊好烫。我后退了一步，却被扯着头发拉了过去。雄大的右手伸到我的下巴底下，用力一掐，我青蛙叫似的"咕咽"了一声。

被掐住脖子的瞬间，一切事物慢动作似的流逝而去。

楼梯的轮廓、瞪住我的雄大的眼、凶恶的眼神、龇牙咧嘴的脸、伸长的手臂痉挛般的每一下颤动，都是那么浓烈、鲜明地映入眼帘。

我听见胸口深处吐出长吁的声音。好痛苦、好难过！当然有感觉。然而在开始麻痹的意识中，我祈祷着：是啊，这样就行了。

因为我也只能这样了。

就算被雄大杀了也无所谓。

就算不是爱也没关系。

我的世界被这个人支配，我的心永远被抛弃在大学时代的梦想之中。我只有雄大。我只看着雄大。

——雄大吓了一跳似的松手。

我被狠狠掐住的喉咙微微松开,空气进入的瞬间,我发出连自己都被吓到的猛咳声,就这样呛咳不止。雄大就像被我激烈的呛咳吓到似的缩回了手。我跌坐在楼梯的平台上,极尽所能地呼吸。

雄大俯视着这样的我。即使知道,我仍止不住地咳。下一瞬间,从头顶落下来的声音让我怀疑我听错了。我绝望了。

"对不起。"

雄大道歉了。他为自己做出的事困惑地杵在原地,然后把我丢在这里,飞快地冲下楼梯。

"等——"

声音断了。呛咳渗出的泪水带着明确的感情泉涌而出。我根本就不属于他的人生吗?

他的梦想,清洁纯净而理想。做梦的才能与力量。这个世界没有任何地方容得下他的梦想,更不要说任其成长、茁壮。你没有办法活在任何地方。

突如其来的冲动充塞胸口。

"雄大!看我!"

我用尽全力大叫,楼下的雄大停下脚步。原本踩踏得嘎吱作响的金属声消失了。风不停地呼啸着。我觉得如果就这样往下看,我一定会退缩。"看我,看我,看我!"我叫着,抓住楼梯扶手站起来。

"看着——因为你要杀了我。"

雄大倒抽一口气,总算叫了我的名字:"未玖!"他想从楼下上来,但我的动作比他快了一步。

我踏上平台的矮栏杆,闭上眼睛,屏住呼吸,从楼梯探出身子时,我觉得雄大朝我伸出了手,可是我的身体滑过他的手指,坠落下去了。

"只不过杀了一个人,不会被判死刑的。"

我一边想起雄大的声音,一边祈祷。我好久没有这样纯粹无瑕、清净安宁的心情了。那是我过去无数次沉迷想象的、梦想世界的舒适。

神啊,请让他被判死刑吧。

请让他被判死刑。

这个世界,没有你容身之处。

我睁开眼睛向上望,与他四目相接了。他的眼神凄惨,求救似的从上方朝我伸手——那或许是幻想,又或许是我的愿望。

君本家的绑架

1

良枝拿起发带端详又放回架上时，不经意地往旁边一瞄，婴儿车不见了。

咦？回头望去，也不在那里。

进驻大型购物中心的店铺之一"咪咪＆莎莉"，其饰品展示架面朝通道，虽然良枝很少进店里慢慢逛，但以前路过这个饰品架也会像今天这样停下脚步看看。

咲良出生以后，良枝外出时不管望向前后左右任何一方，总是会意识到压迫胸口高度的推杆。搭电扶梯的时候，坐电梯的时候，就连走在路上，都总是留意能否确保婴儿车的空间。婴儿车就是如此与现在的君本良枝如影随形,她从来没有在买东西时离开过婴儿车。

"咦?"

这回声音冲出喉咙。听着自己的声音,良枝嘴唇发僵、抽搐。

七穗购物中心敞亮的通道上,良枝朝前后左右看了看。

"不好,我放在哪儿了?"

她心中所想不断地化成声音,想要立刻确定婴儿车的位置,看看咲良的睡脸。"不好,我一定是把婴儿车留在'咪咪＆莎莉'里面了。"

陈列着一件件不到一万日元的廉价饰品的展示架隔出许多条通道,良枝确信婴儿车一定就在其中一条,她一一确认。这家店很小,可是哪儿都不见应该一眼就可以望见的婴儿车。原本隐约的不安感一下化成了真实。

不见了!

她慌张地奔向收银台,"请问……"对化着辣妹妆、一头褐发的年轻女店员说话的声音沙哑颤抖。

"请问你有没有看见婴儿车?"

店员怔住,那不可靠的模样实在令人焦急。良枝心想,或许婴儿车在刚才自己待的通道上,自己以为不见了,没准只是自己弄错了。啊啊，神啊，婴儿车千万要在那里。良枝觉得现在的每分每秒都贵重得不容浪费，尖叫起来：

"婴儿车！婴儿车在不在店里？！"

良枝喊着，朝店外冲了出去。她回头，望见面朝收银台摆放的人形模特穿着雪纺材质的上衣，又是一阵绝望的喊叫："啊啊！"最近她对看起来方便的前开式哺乳衣服很敏感，却对一进店里绝对就能看到的这件上衣毫无印象。"我今天没有进来'咪咪&莎莉'。我只看了外面的商品架，婴儿车不可能在这种我根本没进来的地方。"

七穗购物中心的天花板是玻璃的，刺眼的阳光如雨般倾泻下来。天花板下有序排列的荧光灯更进一步明晃晃地照亮着这里。在宛如不允许一丝阴霾的明亮的光线中，工作日白天顾客稀疏的通道上，却遍寻不到婴儿车。相似的店铺左右并排，她踏在漫长的、乳白色的地板上的脚瑟缩了。"怎么办？"她说出声来，"怎么办？怎么办？怎么办？"

"婴儿车上有婴儿吗？"

辣妹店员从刚才的店铺走出来，从背后叫住良枝。

怎么办，怎么办，怎么办，在脑袋被搅成一片混沌的状态下，良枝点点头："嗯。"

婴儿。

被辣妹店员的话触发，她想起直到刚才还看着咲良那柔软的嘴唇和尖细的下巴，还有紧搂住她时后背暖乎乎的感觉，她哭出声来："咲良……"

会不会是被谁带走了？想到这里，恐惧瞬间笼罩了全身。前阵子良枝看到有小孩在超市的儿童游乐区被人抱走的新闻，血液从脑袋"哗"的一声流光，同时她觉得意识倏地远去。

回过神时，身旁有两名警卫，一个穿制服的中年人和一个年轻人。良枝抓住年长的警卫手臂说"快帮我找"的时候，她双手的无名指不自然地弯曲起来。被慢性腱鞘炎的钝痛刺激，弯曲的手指这下子打不开了。刚生产没多久，她就出现腱鞘炎的症状。每天早上醒来，关节就感到不适和疼痛，上星期看医生才知道那是腱鞘炎才有的症状。一想到自己不断地用发痛的手指和手腕支撑着咲良的头，日积月累下，先是左手，后来是右手也变成了这样，胸口就好像要被撕裂似的。

"咲良的婴儿车刚才还在，我没有离开。我真的连一分钟都没有离开，可是婴儿车却不见了。怎么办？怎么办？"

每隔几小时就被夜啼吵醒，睡眠被打得零零碎碎，眼睛已经好几个月总是一片雾茫茫的状态。"快帮我找，"良枝不停地诉说，"我也会找。"积在眼睛底下的乳白色浓雾越发膨胀，脸颊、喉咙，乃至整张脸越来越烫。

一个戴眼镜的男人，据说是七穗购物中心的总经理，他把手放在良枝肩上问："你还好吗？"她被带到员工休息室，坐在椅子上，脚抖得好似再也没法站起来了。良枝低垂着头，满脑子是想要立刻冲出去继续找的想法。可是她不知道要从这偌大的购物中心的哪里找起才好。这么明亮，有这么多员工，却找不到咲良的婴儿车。

"可能是拐带幼童。"总经理说。

良枝瞪大眼睛抬头，总经理露出不妙的表情，立时闭嘴。"我们正派人在找。"他接着说。

"要报警吗？"

"我被卷入了什么犯罪活动吗？"良枝难以相信发生在自己身上的事。她应该没有离开婴儿车，绝对不会做出那种事。才一眨眼而已，才一眨眼，咲良就从良枝的手中溜走了。

她后悔今早、昨天、前天，几乎每天都祈祷着能摆脱咲良。她后悔不理婴儿催促的哭声，一边用冷水给牛奶降温，一边怒吼回去。早知道就不奢求什么想要一个人的时间了。

良枝再也不敢有离开那孩子的念头了。

咲良的哭声像猫叫。黑白分明、清澈透亮的眼睛，未曾好好踏过地面的软嫩脚底，这些直到刚才都还在身边，应该是自己的一部分，现在却不见了，让人难以置信。

"求求你们，快帮我找。"良枝哭泣，恳求。

"你是不是联络一下家人比较好？"总经理建议，良枝慢吞吞地在皮包里翻找。这时她发现自己没带手机，也不记得丈夫、娘家的母亲电话。她打了唯一会背的娘家座机电话，好像没人在，无人接听。

她肩膀垂下来，眼睛大大地睁着，眼前的世界逐渐变得阴沉，好似倾盆大雨将至。良枝打电话的时候，警卫进入房间，她以为找到咲良了，正要起身，然而警卫严肃的脸歉疚地不看良枝，只小声跟总经理说了什么。跟警卫谈完后，总经理回到良枝这里。

"打通了吗？"

"我要回家看通信录才能知道丈夫的电话。"

怎么办？怎么办？她只能哭泣，吸鼻涕。从刚才开始，脖子和脸颊就不住地起鸡皮疙瘩。总经理的眼神变得同情。

"我看这样好了，要不你先回家联络一下亲人？我们这边会尽全力寻找，也会联络保安公司，立刻调出监视器画面。"

良枝已经告诉过购物中心的人，她家距离这里开车只要五分钟。原本就是因为中意这样的地理位置才买的房子。

良枝不想离开这里，但听到要看监视器，感觉到一丝光明。只要看了监视器，一定可以马上找到咲良。

"拜托你们了。"良枝又行礼。虽然不知道监视器设置在何处，但它一定拍到了失踪前咲良的婴儿车，或许也拍到了掳走她的歹徒。

歹徒——化成文字一想，良枝瞬间觉得毛骨悚然。

如果咲良被陌生人带走，现在在哪里？她怎么样了？她才十个月大，虽然已经知道怕生了，但偶尔还是会对陌生人微笑。良枝又是一阵晕眩——一想到那孩子跟不认识的人在一起，良枝就快疯了。如果那孩子有什么万一，良枝自己也不想活了。

好想听听丈夫的声音。好希望快点有人知道咲良的下落。"求求你们，求求你们……"良枝一再低头恳求，全力跑向车子。

"神哪，拜托你，求求你。"

良枝抛开全身的酸痛，心中呐喊似的祈祷。祈祷声仿佛在暴风雨中呼啸的风或浪涛般响着，逐渐麻痹了脑袋。

"把咲良还给我。""为了那孩子，我什么都愿意做。""只要把那孩子平安还给我，我什么都愿意做。""我绝对不会再放开她。"豆大的泪珠簌簌滑下脸颊，滴在良枝裙子上，她握住方向盘的手被汗与眼泪沾湿了。小轿车后车座载着空的婴儿座,朝家里驶去。

2

良枝一直很想要孩子。

二十六岁时,她与同年的学结婚,已经过了三个年头。

当时发生了一起儿童失踪案,在市里的一家百货公司,三岁的女童说要去厕所,与父母分开行动,就此下落不明。警方展开搜查,不到一个星期,女童就被人发现陈尸在附近的河边。女童遭到了变态绑架。报道中说凶手是当地的上班族,为了猥亵而拐带女童。由于被女童看到面貌,怕事后被认出,故而痛下杀手。

有人指责父母太不负责任,不应该让小孩落单。但歹徒以蛇蝎般的执着埋伏在女厕三个小时以上,物色可以下手的女童。面对歹徒的恶意,又有谁能够责备父母?

既然要杀,凶手是多么渴望得到回报啊——良枝同情那对失去无可取代的骨肉的父母。

然而,她也设想,若是自己会怎么做?如果自己有了孩子,绝对不会有半分半秒让孩子离开视线。只要自己有孩子,要她做什么都愿意。只要孩子出生,就算自己全部牺牲也无所谓。请上天赐给我孩子吧——良枝每天祈祷着。

"唯独这件事,只能顺其自然呀。"——学那不在乎的声音,良枝至今无法忘怀。

良枝在高中朋友天野千波的婚宴上,见到了许久不见的老同学照井理彩。婚礼开始前,她们在休息室喝着迎宾饮料的时候,理彩的话吓到了良枝。

"他想要快点有小孩,可是我的工作至少还得忙上三年,所以要他再等等。"

理彩任职于海外名牌女性杂志的青山分店,她提过自己的业绩很不错,所以进公司第三年就已经升了主任。

良枝困惑地抬头:"蛮罕见的呢。"

"什么东西罕见?"

"一般说要小孩,都是老公不愿意不是吗?像我家那口子,一点劲也没有,还说什么顺其自然就好,不用急。"

"咦,是吗?我身边都相反。大家都像我家这样,被老公催着要小孩,烦死了。"

看到理彩惊讶回答的样子,良枝胸口变得沉重。或许理彩不是在炫耀,但听起来就像在夸耀她和老公的感情。如果理彩和她的朋友都对这样的幸福毫无自觉，良枝觉得她们实在伤人。"真好啊。"她忍不住说。

理彩纳闷儿地说："真意外。你老公跟你交往的时候，感觉他对你百依百顺的，我还以为他是那种想快点要小孩的类型。"

"才不是。"

在同一所大学认识的学，一开始确实是热烈追求良枝，但不管是同居还是结婚，都是良枝开的口。每次要踏入新的阶段时，学总是毫无紧张感，"急什么嘛""还早嘛"。

理彩结婚比良枝晚。她结婚应该一年了，良枝却觉得参加她的婚宴是最近的事。

良枝无所事事地转着手中的鸡尾酒杯，坐在洛可可风的厚垫椅子上，总觉得烦躁不安。

在公司，良枝也碰巧听到同事坂井真实奉子成婚的消息。大家都祝福她，说她的婚事是"喜上加喜"。她请产假时，上司等主管便安排雇用派遣员工填补她的空缺，这些让良枝看在眼里，也觉得无地自容。

"啊，良枝，你是已经在考虑生孩子了吗？"

见良枝不吭声了，理彩开口问。良枝点点头，心想她一直都想要孩子。

刚结婚的时候,她确实觉得还不急,是在何时变成了"一直都想要",良枝自己也不明白。

身边正值生产潮、育儿潮,而且朋友之间,良枝算是结婚早的。然而她却接到比自己晚婚的朋友寄来的电邮报告:"我们有喜了。""这是我们的爱情结晶。"还附上笑脸符号,闪亮得刺眼。最初的一两次她还能由衷祝福,但渐渐地每次接到这种通知,她就萌生疑念,怀疑对方是在露骨地卖弄和夸耀,虽然客气,但还是非要通知她不可。

学的兄嫂在茨城与公婆同住,他们有个三岁的儿子。学也非常疼爱那个侄子。然而嫂嫂皋月却在厨房排油烟机底下抽着烟,满不在乎地对来玩的良枝说:"真不该生什么小孩。"

"晚上都不能出去玩了,每天都忙得要死。良枝啊,你要好好把握现在一个人的好日子啊。"

"这样啊——"良枝应着,内心却气愤地想这人怎么这么没神经。

抱怨归抱怨,皋月还是会跟住在当地的同学出去喝酒,应该"忙得要死"的育儿工作和家事大部分好像都丢给了婆婆。不得妈妈疼的侄子或许是出于寂寞,每次学和良枝回老家时,就会大舌头地说着"和我玩",缠着他们不放。一开始每次去婆家都得照看小孩,良枝觉得很受不了,但是被孩子喜欢上,实在是很令人开心的事。慢慢地,良枝和学为了见侄子而回老家的机会增加了。

良枝替嫂嫂皋月哄侄子入睡,心里想着自己比她更适合当母亲。嫂嫂怎么能丢下这么可爱的孩子跑出去玩呢?

然而到了深夜,一听到嫂嫂回家在玄关脱鞋的声音,原本在睡觉的侄子眼睛一睁,拼命地叫着"妈妈",冲向皋月。看到这个景象,良枝一个人被抛在床上,内心一阵揪紧。

"自己的孩子更可爱哦。"

良枝陪侄子玩时,婆婆常在一旁说。

公公婆婆经常问他们孩子的事,并不是在催促,他们只是单纯地陈述希望,觉得再添个孙子应该会更热闹罢了。尽管良枝明白,但他们那种天真无邪的轻松态度却总是令她沮丧到谷底。

不久前过年,嫂嫂怀了二胎。像这样有意识地去看,什么"少子化社会"简直是胡说八道,听到的净是怀孕生产的消息。

回想起这些,良枝在丈夫面前流不出来的泪水在眼角蓄满,变得灼热起来。

不好——良枝按住眼角,掩住了脸。理彩吓了一跳,从旁边站起来捉住良枝的手："喂，良枝？"良枝默默摇头。

"新娘请进会场。"会场员工提醒的声音传来。理彩为难地小声说："婚礼要开始了。"可是泪水止不住地流。

"如果今年不生孩子，就很难请产假和育婴假了。"良枝坦白情况。

她现在担任的是行政人员，不用加班，也不用在外面跑业务，异于之前的工作内容，她认为这是生产后回归职场时的理想职务。她请产假和育婴假而要派遣员工填补空缺时，如果再配合四月的人事异动期，对同事造成的负担也比较小。万一下次人事异动被调到更忙的部门，她就没有机会提出请假的要求了。

她从去年就一直在思考什么时候才是最不会给职场添麻烦的生产时期。然而，同期同事却不管那么多，一下子就请了产假。虽然同事在别的部门，但如果良枝也在同一年请产假，光是这样，上司和同事对她的评价也会变差。她觉得被抢先了一步，像自己倒霉地抽到了坏签。

已经九月了。

被理彩领着前往婚宴会场的途中，良枝继续说着。理彩担心地看着她，听她说完并"嗯嗯"地附和。良枝说着说着，发现：原来如此，我是想要向人倾诉啊，原来我被逼得这么紧啊。

"你去医院看过了吗？"

坐下来后，理彩有些拘谨地问，良枝点了点头。

"我心想或许问题出在我，去检查过，可是检查结果好像没什么问题，医生也叫我顺其自然。如果还是不行，再请老公过来，采取更积极一点的做法。"

从第一次去医院的那天开始，良枝就记录基础体温。可是每天早上良枝急急伸手摸起枕边的体温计含住时，身旁的学却事不关己似的沉睡不起。良枝只去了两趟医院，但每次都是良枝内疚地向公司请假挪时间一个人去。

"那么说，暂时没问题吧？"

"可是反过来说，如果有问题，治疗就行了，但要全靠自己的话，就只能听天由命了，不是吗？"

为了怀孕，良枝也一再恳求丈夫付出努力。她叫他留意健康，戒烟，不要每天喝啤酒，但良枝知道学在背地里躲着抽烟。

"我说良枝啊，你从以前开始，对人生的看法就是一个阶段再一个阶段，是不是没有考虑过应该要有'平台'啊？"

"什么意思？"

理彩脸上浮现苦笑般的笑容说："觉得该交男朋友，于是交男朋友了。既然交往了就该同居，于是同居了。同居了就该结婚，于是结婚了。感觉你总是不断地往前进，似乎没有每一阶段中间空闲的平台过渡部分。像我，因为不怎么想要孩子，所以到现在都还只想享受当下的时光。"

良枝不懂理彩的意思。不管是谁，人生不都是一个阶段又一个阶段，一步又一步前进的吗？

"我觉得，对你而言，现在应该是人生的第一个平台吧？事与愿违或许是一种压力，不过既然如此，干脆就享受小两口的时间呢？照这样下去，你会觉得既然结婚就该生小孩，既然有小孩就该买房子，又会只想着该怎么爬上下一个阶段了。"

"啊，房子的事我已经在考虑了。学说老想孩子的事也没有结论，虽然或许还早，不过可以先想想房子的事。"

思考房子的事，的确可以转换心情，轻松一些，可是一想到儿童房的位置和大小，良枝亢奋的下一瞬间又觉得不知何时才能实现，消沉下去。

理彩不说话了。良枝又泫然欲泣。

"不觉得很过分吗？"良枝这样想，望过去，理彩只是微笑。一会儿后，她拿着送来的红酒说：

"可是你们公司福利很好吧？产假跟育婴假都有。"

"产假是从生产前两个月就可以请,育婴假只要申请,最多可以请三年。"

"这么久?!好棒的公司啊。那段时间,你不在的空缺要怎么办?"

"会雇派遣员工帮忙。"

良枝工作的大型食品企业卖的是标榜健康美容的自然食品和加工食品,或许是受到延寿饮食、乐活等风潮推波助澜,即使行业不景气,营收也蒸蒸日上。公司内环境对女性员工友善,或许也和现任社长是女性有关系。"可是我又不是要说这些……"良枝觉得不耐烦。

良枝还想和对方多说一点,但这时女主持人宣布婚宴即将开始。"啊,开始了。"理彩说。

光线变暗,众人拍手迎接随着音乐进场的新郎新娘。"千波好漂亮。"良枝对理彩说。

良枝把相机对着身穿婚纱的新娘拍照,然而看着相机画面里的千波,她内心却一阵激荡。千波的工作是保姆,而且常说自己喜欢小孩,她也会很快有身孕。或者只是没说出来,其实已经……

这么一想,不安便从心底深处一点一滴地涌了上来。

3

参加天野千波婚礼后的两个月又三天,十一月十三日,良枝发现自己怀孕了。

她没有使用荷尔蒙激素或排卵药,而是照着医师指示,自然等待。预定的生理期过去,用市售的验孕棒验出阳性反应时,良枝非常高兴,但她害怕可能验错,又验了一次。那天是星期六的晚上。她急切地等待星期一早上医院开门。

她去了两站以外的一家网络评价很好的综合医院妇产科。然而,一反之前的期待,医师出示超音波的内诊画面,指着白色的圆状阴影说"还要再看看",那声音显得不可靠极了。

"只有九毫米,大概才三周大。应该能顺利成长。你两星期后再来看看。"

如果无法确认胎儿心跳,就不能确认是怀孕。不是怀孕吗?还不能高兴吗?良枝正在困惑,医师或许是从她的表情看出了什么,弥补似的说了句:"啊,恭喜。"

她本来还以为医师会更开心地告诉她:"你有喜了!"

不过至少医师还是说了"恭喜",两星期后一定能确定怀孕。良枝想着,却觉得接下来的两个星期漫长得不得了。

昨天良枝就已经在家中月历的今天写上"第一次看诊"。从医院回来后,她在底下追加了几个字:"9毫米,3周"。

她有股冲动,想要立刻翻开下一页写上"第一个月纪念日""第二个月纪念日""第三个月""第四个月"……然后是预产期。她都已经准备好贴纸要贴在旁边了。

两星期后就诊时看到的画面上,上次浑圆的影子这次变得又扁又长。她以为心跳是扑通扑通慢慢地跳,实际上却是又快又急的颤音般声响。

她以为医生这次一定会说"确定怀孕了",但可能因为是大医院,这次的医生不是上次那位,他以为良枝已经被确诊怀孕了,只冷淡地说:"下次来确定预产期吧。"良枝就这样错失了欢天喜地的时机,总之自己的怀孕好像确定了。

"预产期好像还要再等两星期才能确定,确定以后,也还不能拿到《母子健康手册》。明明网上说几乎所有的医生都是在第二次就诊时确定预产期。还不能拿到电车上看到的'我肚子里有小宝宝'的孕妇贴纸吗?"

良枝对丈夫埋怨,但学却很乐观:"太好了,真的太好了。"看到他单纯、开心的模样,良枝感到幸福,心想虽然他对备孕不是那么积极,但也是很高兴的。不过没有高兴到又叫又跳。

"这样的话，洗澡后的啤酒可以增加到两罐了吧？"

厨房传来开冰箱的学那牛头不对马嘴的应答。

虽然也不是听到确诊的缘故，但第二次就诊的隔天开始，良枝就严重孕吐起来。即使进入稳定期后，她仍然不断地呕吐，结果一直吐到生产。

良枝原本就几乎滴酒不沾，所以她心想，宿醉或许就是这种恶心的感觉。胃部不舒服极了，同时又有股饥饿感，好想吃白米饭那类能填饱肚子的食物。吃不下多少，却动不动就肚子饿，无论吃没吃饭，都一样频频有饿感。总之整个人又困又倦。她还曾经在下班回家的电车上突然贫血晕倒，被扶到站员值班室去。

她发短信给朋友说，若是一直期盼想要孩子而没有怀孕，实在是无法承受这种苦。能向众人分享怀孕的消息和过程，她开心极了。

她为了别的事写电邮给在天野千波的婚宴见面的照井理彩时，附上一句"我家的小鬼头已经六厘米大了"，理彩惊讶地回信："咦？！你怀孕了？"良枝发现从那个时候跟理彩聊天以后就没再联络，正式向她说："是啊！托你的福。"

真想快点请产假。

良枝的父母还有公婆都很期待良枝生产。回学的老家时，侄子学会"堂弟"这个词以后，摸着良枝日渐圆润的肚子说："里面有堂弟吗？"这令她感动万分。婆婆也很关心怀孕中的良枝，慰劳她说："得一直工作到八个月，真辛苦。你真是努力。"

与在公婆家当家庭主妇的嫂嫂不一样，连和婴儿一起生活的新居都得良枝自己去找，而且今后也得支付新房子的房贷。嫂嫂什么都不用烦恼，可以轻轻松松怀孕真令人羡慕。

即将请产假，整理办公桌时，良枝一想到接下来的一整年都不用工作，她便对今后的生活心生期待。同时，离开职场的最后一天也令她难分难舍。

夫家已经有长孙了，但对娘家来说，良枝的孩子是第一个孙子。她听从母亲的建议，回静冈的娘家待产，在母亲找到的风评不错的助产所由父母接送看诊。良枝有驾照，但父母都坚持不让她开车。父母无法接送的日子，良枝就搭出租车回家。

"预产期是什么时候？"一天，出租车的司机攀谈说。

就算没有孕妇贴纸，看到良枝明显隆起的肚子，周围人也经常这么问她。

"下个月就要生了。"

"这样啊。我们家那位也是夏天生的，夏天出生的孩子特别壮哦。已经知道是男生还是女生了吗？"

"是女生。"

良枝觉得当孕妇的时间格外令人珍惜。生产过的朋友都来信说："再不久就要生了，好好珍惜母子一体的宝贵时间吧。"事实上，孩子出生以后会有多忙，她真是不敢想象。

"我很期待，不过这是第一胎，多少觉得不安。"

良枝回答，司机透过后视镜看了良枝一眼，然后说："不会有事的，大家都是这样过来的。"

"是啊。"良枝回道，下了出租车后，玩味司机说的话。这样啊，她兀自点点头。大家都是这样过来的。

在东京看诊的综合医院对于孕妇的营养管理和体重限制非常严格，但思想传统的祖母和母亲为了让良枝多多摄取营养，每天餐桌上都摆满了母亲亲手做的五花八门的料理。

如果能受到这样的疼惜照顾，一直当孕妇也不错——良枝忽然想。进入产假以后，她第一次感觉到白天的时间是如此珍贵。看诊后，她在助产所附近的意大利餐厅边用午餐边写健康手册和日记。她抚摸着临盆的肚子，环顾时髦的店内，心想：我还能来这里几次呢？将成为母亲的恐惧，还有即将造访的婴儿带来生活上的变化，她都已经有了心理准备。今后应该无法夫妻一道出门约会或是去时髦的餐厅吃饭了，发廊和电影院也没办法两个人自由前往了。

4

超过预产期两天，阵痛才来，并持续了十七个小时。历经骨头被敲碎般的剧痛之后，第一眼看到助产护士抱过来的咲良时的感动，是过去的人生中任何喜悦都无法取代的。咲良可爱得不得了。"从今天开始，我就是这孩子的母亲了。"她浑身大汗，头发乱成一团，但咲良一道哭声，就把她生产后的疲倦融化了。面对这可爱的孩子，餐厅、发廊、购物中心……全都成了微不足道的事，什么都不可惜。把今后这几年献给咲良，根本算不了什么。

每个人看到咲良，都异口同声地说她像父亲。异于良枝的双眼皮、瓜子脸，咲良是单眼皮、圆脸。

良枝提议要把孩子取名为咲良时，学说："咦？我们家也要取这种名字啊？"良枝吃了一惊，然后大失所望。

"什么叫这种名字？"

反问的声音又冷又硬，简直不像自己的声音。

"咲良这名字不是很普通吗？很可爱呀。我想了很久。最近很多小孩的名字都是笔画一大堆，看了也不知道该怎么念，太可怜了。所以我决定要取个一看就念得出来的名字。"

"可是看到'咲良'两个字，知道要念成'SAKURA'[1]的人，我觉得没有几个呀。而且春天生的也就罢了，可她是夏天出生的啊。再说，'良'可以念成'RA'吗？"

"你不知道这个念法吗？"

良枝皱起眉头。她订购的孕妇杂志里有个附照片介绍新生儿的单元，在那里是理所当然的读法。丈夫的无知和迟钝令她憎恨。

"咲良的'良'就是良枝的'良'。"

这是个很女孩子气的可爱名字。在良枝心中，这孩子已经叫咲良了。她一直这么呼唤孩子，手册上也已经这么写了。

"也不是说不行啦。"

学急忙打圆场。但现在讨好已经迟了。自己起的名字被挑剔，把良枝气坏了，她气愤地沉默，不理会学。

她认为她知道学说的"这种名字"指的是哪种名字，就

---

1 译注："咲良"的名字发音，与日文中的"樱花"相同。

是"龙米亚（RUKIA）""乃绘琉（NOERU）"这类，笔画多读音又特殊的名字，但她觉得这种名字经常出现在可怕的虐童新闻里，也常和"还没有长大的小妈妈""同居男友""待业"这些字眼连在一起。她曾在电视上看到教育界的名嘴评论"现代人给小孩取名字很随性，跟给宠物取名没有两样"。她觉得很不甘心，认为那样做的人只是少数。然而，即使只有一瞬间，学把他们的宝贝女儿看作跟那种人一样，良枝都无法原谅丈夫。

刚出生的咲良，从呱呱落地起就是个爱哭鬼。住院的时候，咲良晚上寄放在护理站。

出院回家以后，良枝的父母和祖母都喊她"小咲"，宠爱有加。她们一有空，就去咲良和良枝睡觉的房间抱起开始牙牙学语的咲良，捏捏她的下巴并抚摸她。大家都说没见过这么可爱的婴儿。

产后坐月子期间，良枝想在娘家悠闲地度过，然而刚出院时母亲还温柔地说"生产等于是受了伤，要好好休息"，过了三个星期，母亲却也严厉地定下期限："一个月后就该回家了。"

"学，偶尔要带良枝和咲良一起回娘家呀！万一良枝突然发脾气，对小咲做些什么就糟了。"

母亲开玩笑地说，笑着送他们离开。要离开那么疼爱的孙女，母亲应该也觉得寂寞万分吧。即使如此还是把女儿还给女婿，良枝觉得父母的态度很正确。

在学前来接她们的车子后车座，良枝坐在婴儿座旁，望着远去的故乡景色。离开住了近三个月的娘家的寂寞，还有对往后生活的不安，让她的心难以平静。

爱哭的咲良在娘家的一个月里，晚上每隔一小时就夜啼，育婴书和网络上说哺乳时间"间隔会渐渐拉长"，却也一点都没有要变长的迹象。在娘家生活期间有母亲帮忙清洗的尿布，在东京的公寓里，良枝实在提不起劲亲手一一洗涤。她觉得无助，但已经没有退路了。孩子已经生下来了，从今往后，小咲需要良枝的扶持才活得下去。良枝体会到与婴儿的生活就是这种一刻都无法疏忽的状态。

已经开始了。

良枝回到东京的公寓当天，母亲就打电话来问："平安到家了吗？"母亲的声音听起来有点伤心。

"有小咲在身边的日子虽然忙乱，可是很快乐。"

打电话的时候，咲良在一旁哭了起来，良枝把话筒凑过去说："听到了吗？"

母亲开心得近乎夸张："才刚过一天，就已经开始想念小咲了。"明明咲良听不懂，母亲却在电话另一头呼唤她的名字。

"听到了吗？小咲，是外婆哦。小咲，今后要乖乖听妈妈的话呀。"

听到母亲开心的呼唤，良枝又快掉眼泪了。"我会再打去。"良枝应着，忽然意识到自己是在美好的家庭成长的孩子。

父母和祖母对待、疼爱、呵护咲良的方式，和良枝出生时所受到的待遇一样。自己以前备受呵护疼爱，是他们的掌上明珠。通过自己的女儿，良枝看到了近三十年前的那个情景。

5

良枝和学在七穗购物中心附近买下的三室二厅一厨的公寓，小得跟娘家的独栋房子完全不能比，也没有宽阔的庭院，但三个人住，大小已经足够了。不过由于买在埼玉的郊外，离丈夫的工作地点相当远，学回家的时间也必然变晚了。

习惯之前可能会很辛苦——新生活完全像母亲和祖母所

担心的那样，良枝怎样都习惯不了新的环境。

育儿或许应该在良枝成长的那种人多的乡下进行。咲良很可怜，她不得不与良枝两个人单独待在狭窄的室内，刚回来一个月就哭了好几次。

如果待在娘家，良枝就可以在固定的时间起床，吃母亲准备的三餐，在母亲的帮助下为咲良洗澡，在固定时间入睡。咲良也可以让许多家人轮流逗弄，但现在良枝每天忙着做家事，而且学回家的时间不固定，还常与同事去喝酒，咲良根本无法得到满足的陪伴。明明在娘家的时候，咲良是那样被大家争先恐后抢着哄，受到公主般的对待。

"啊啊啊！啊啊啊！"明知道咲良在黑暗的卧房哭叫着伸手呼唤自己，但良枝正在厨房开火做饭，没法半途去哄她。平日的白天，良枝好好哄、哺乳，等咲良睡着后放到床上，准备动手洗衣服的瞬间，咲良又哭了起来，吵着要良枝。因为咲良没有发烧或什么紧急状况，暂时任由她哭也没关系，尽管良枝明白，但只是放任不理，就觉得充满了罪恶感。

"对不起哦，你很想念外婆她们吧？"良枝想起娘家，又掉下眼泪。

咲良的声音很大。

尤其是肚子饿吵着要吃奶的声音简直像恐龙，"嘎噢噢！嘎噢噢！"地哭叫的声音仿佛在威胁良枝。"好好好，来了！""小咲真是个贪吃鬼。"本来良枝还会像这样边哄咲良边跟她说话，但是身旁没有聆听的观众，说话的次数自然也减少了。良枝默默地抬起咲良沉重的头，用发痛的手腕搂着咲良的身体，把乳头塞进她的嘴巴。定期发作的乳腺炎引起一阵剧痛，可是要促进母乳分泌，缓和疼痛，又只能要咲良多喝奶。乳房总是又热又涨，难受极了。

"嘎啊啊啊"的哭声在脑袋里隆隆震动，良枝觉得鼓膜都要破了。即使咲良静静地睡着，她也担心咲良是不是在呼吸，如果丢下咲良看电视或看杂志，她就觉得自己在偷懒，总是心神不宁的。这种时候，平时嫌窄的公寓总是让她觉得大到无助。虽然手腕一直疼痛难忍，但只有哺乳的时候，她的内心会因为达成义务获得心安。

学每天都很晚才回家。

十点过后，学总算回来了，他走近入睡的咲良床边，歌唱似的喊着她的名字，就要抱起她时，良枝忍不住出声："不要闹她！"学以为良枝刚才很轻松地喂奶，哄她睡下？而且今天晚上也不知道什么时候又会被她的哭闹吵醒。

"我工作那么累，回家以后抱一下咲良安慰一下会怎样嘛？"学噘起嘴巴说。

"可是……"良枝顶回去。像他那样只想挑好处捡，可以原谅吗？就算被夜啼吵醒，也只有良枝的母乳可以让咲良停止哭泣，学总是推说他还得上班，绝对不会起身帮忙哄。不仅如此，他甚至还低声抱怨过"吵死了"。虽然说得像梦话，但那绝对不是梦话。

咲良出生半年后，原本每小时一次的夜啼减少为三小时一次了，但婴儿依旧如机器般精准地在相同的间隔醒来。良枝听着身旁的咲良闹脾气的声音，脑袋想着要换尿布了、要哺乳了。虽然早点起来比较好，但在咲良大哭起来之前，再睡一下也行，五分钟就好……

换好尿布，沾上药用肥皂水洗手，好了，接下来要哺乳了——良枝回到卧房抱起咲良，然而一成不变的哭叫声却一点都没有要停止的迹象，令她不可思议极了。良枝奇怪地眨眼，咲良哭得涨红的脸映入眼帘。她发现刚才换尿布洗手，全都是自己站着睡着做的白日梦。啊，本来以为只剩下哺乳了，这下又得从换尿布开始。日复一日，都是这样的情形。

她在网上看到超市的塑料袋搓揉声可以防止夜啼，据说是因为那声音近似婴儿在胎内听到的母亲心跳声和血流声，婴儿听了会感到安心。良枝半信半疑地试验，原本哭得那么厉害的咲良竟一下子不哭了——真开心,她觉得还几乎无法沟通的咲良第一次回应了她。肚子饿、脾气闹得太凶时没有效,但这个技巧让良枝得意极了,她把摩擦塑料袋的声音录起来,用电脑设定成不断重播。

"这样咲良就不会哭了,你也可以试试。"良枝教丈夫,学苦笑着摇摇头说:"不用了,我不想像那样偷懒,我会把她抱起来好好哄。"

那个时候腱鞘炎引发的手腕疼痛开始变成慢性疼痛。早上起床,良枝的左半身就有种变成了石头裂开般的感觉。怀孕的时候,周围的人都不让她搬重物,然而一旦生产完,每天都得随时抱着三公斤重的婴儿。出生时三公斤多重的咲良,两个月后体重就变成了两倍。

良枝闻言顿时面无表情,学急忙补充说:"不过你每天都一整天陪咲良,偶尔放松一下没关系啦。"

与咲良的生活,一切都是第一次,良枝都是一连串的紧张。在只有两人的家中,即使想要一起洗澡,也不知道在洗澡和洗头发的时候,该怎么处置还不会坐的咲良。在娘家买的婴儿沐浴用澡盆,她选了以后可以当椅子用的小尺寸,可是摆在狭窄的浴室里,良枝冲洗身体时,水还是会淋到咲良头上,而且咲良的脖子都还没长硬,良枝实在不想让她坐着。

  结果良枝只能草草冲个澡，再带着睡觉的咲良一起洗。一开始把咲良一个人丢在无人的房间去洗澡，她害怕得不得了，担心莲蓬头一开，孩子的哭声就会被水声盖过，听不到了。万一冲澡时她出事怎么办？可是良枝每次洗澡都要上演一次的紧张，在每天的反复之中也自然地渐渐没那么在乎了。她也不再感到罪恶，反正只有短短几十分钟而已。不再担心以后，反而对之前那么害怕离开咲良，那么神经质感到不可思议了。浴室距离婴儿床才几米远而已。

  或许母亲也是这样一点一滴地对各种事情变得大胆、逐渐习惯的——良枝可以从容地泡澡的时候，望着蒸气迷蒙的天花板心想。

  第一次去七穗购物中心买东西时也是紧张万分。

  良枝一个人应该没什么要买的物品，只是带上咲良，一切都变得不同了。放在婴儿背带里抱着走，还是坐婴儿车推着走，是不是都会给周围添麻烦？万一咲良哭起来怎么办？良枝每次都是匆匆只买了食材，就急急忙忙回车子了。过了好久一段日子，她才敢从食品和生活杂货的一楼移动到二楼的女性服饰卖场。虽然不能逛太久，但还是渐渐生出从容，可以逛逛橱窗。

一天,良枝在二楼的店里看到可爱的发带。咲良出生后,她平日只在七穗购物中心和自家往返,与人见面的机会也减少了。虽然她不想买新的衣服,但头发每天都会绑起来。天鹅绒光泽布料的宽幅发带,缎带周围有金色镶边,看起来不错——良枝伸手的瞬间,在婴儿车里睡觉的咲良突然放声大哭起来。原本难得安静的咲良,现在却哭得激烈极了,简直就像被虫子蜇了似的。

"怎么了?怎么了?"良枝问着,看向婴儿车里面。店里的客人和店员都好奇出了什么事,望向良枝这里。良枝只好慌慌张张地离开了。她并没有像单身的时候那样去逛名牌店,或是去精品店、百货公司,她只是在七穗购物中心,在当地的女高中生会逛的那种廉价饰品店想买一样杂货罢了——想到这里,她胸口阵阵刺痛。回到停车场的时候,咲良已经哭累睡着了,但良枝不想再回到刚才因为咲良大哭而受到大家注意的那家店里。

把咲良抱上婴儿座时,她微微睁眼忽然冒出松饼上的奶油融化般的甜蜜笑容。良枝看到她那副表情,就觉得发带和购物,还有刚才她大哭造成困扰的事,全都变得无所谓了。她把脸凑上去,便闻到混合了奶水和婴儿香皂气味的咲良香味。

实际上咲良很可爱。

有一天良枝去看牙医，在治疗中打了麻醉，这段时间不能哺乳，所以换成了奶粉。咲良哭着一次又一次把握成拳头的手塞进自己的嘴巴吸吮着，没多久就累得睡着了。她那个模样教人疼惜极了，举起双手呈W的睡姿，还有反射性地抓握空气的动作可爱无比，真希望她多做几次。用拳头摇铃铛似的招财猫动作，还有发现陌生东西时把头一摆一摆的动作，都让人百看不厌。睡觉的时候，如果良枝躺在旁边，她就会把手探进胸脯找乳头。

在咲良差不多该学会翻身的时候，良枝把摄影机固定在咲良的床上整天开着，为忙于工作的学录下来婴儿的成长。学回家后看到咲良在镜头前翻来翻去的模样，说着"好厉害，长大了呢"，让良枝感动得眼睛一热：啊，太好了。

咲良是良枝的天使。

可是抱住夜啼的咲良，良枝又觉得这样的时光好似会永远持续下去。毫无变化地，只有良枝和咲良两个人，一天开始，一天又结束。时间流逝，注意到时已经星期五了，良枝心想：啊，明天开始丈夫会在家两天。一成不变的每个星期都像这样开始，然后过去。

6

这是良枝在天野千波的婚礼后第一次与照井理彩见面。

理彩联络她说会因为工作来到附近。良枝到车站去接理彩，招待她到家里玩。她以为理彩不喜欢小孩，没想到她笑着对儿童座上的咲良打招呼："你好呀。"颇开心的样子，良枝松了一口气。

"好漂亮！新公寓果然棒，我们也该考虑一下了。"理彩一进玄关就说。

"谢谢。"良枝应道，"其实是想盖一栋有庭院的房子，不过我跟学商量后，决定小咲还小的时候住公寓就好了。"

良枝请理彩到摆满婴儿用品的客厅，泡了无咖啡因的茶。

理彩环顾房间说："这个杯垫是钩针作品？难道是你自己做的？"

"嗯，做得不太好。"

"哪儿会！超精致、超漂亮！那个有'咲良'名字的坐垫也是吗？"

"啊，那是现成的坐垫，把名字刺绣上去而已。"

好久没有客人来了。

吃着上午做的香蕉奶油蛋糕,理彩边吃边称赞。色调柔和的木制家具、贴在冰箱上的手作磁铁、阳台上种的罗勒和薄荷,理彩都称赞很有良枝家的味道。

"真好。良枝真的是个完美主妇。待在这里呀,我都想跟我家老公道歉了,说'抱歉,你老婆是这种德行'。"

"才没那回事呢,你在工作上很积极,很棒呀。"

"也还好啦。今天也是,只是说要在百货公司设柜台,就跟现场负责人吵起来了。"

理彩抱着胳膊,边叹气边说。良枝听了,想起一件事:

"啊,这么说来,那家百货公司对幼儿很不友善。上次去的时候,厕所的尿布台坏了,不能用,虽然上面贴了张纸叫客人去其他楼层,可是他们怎么可以放着不修?"

结果害得良枝只好在马桶盖上铺毛巾换尿布,但咲良大哭大闹,花了好久才安抚好。

"生了小孩以后,我的观点完全变成父母的角度了,像是电梯标示记号还是台阶、斜坡,对轮椅记号也变得很敏感。"

"⋯⋯这样啊。白天基本上只有你跟咲良两个人吧?还好吧?你在这附近也没什么朋友吧?"

"嗯。以前的朋友几乎都在都内,所以今天你来找我,我真的很高兴。"

良枝这么回答，理彩面露复杂的笑容说："这样啊？"

良枝也去过市内的儿童馆，想着或许能结交一些妈妈朋友，但那里的母亲都已经有了自己的小圈子，良枝突然和她们搭讪，门槛太高。尽管知道要在那种地方结交朋友，只能不断地去，成为熟面孔，一旦退缩，就很难再去第二次。虽然这栋公寓是自己主动希望买下的，但她已经不知道后悔过多少次了。

咲良十个月以后开始会走，良枝更不敢有半刻疏忽。还有咲良的哭声依旧很大，液晶荧幕不同于映像管电视，完全禁不起小孩子恶作剧——良枝指着屏幕上的手印一一叹道。她抱怨咲良还是一样半夜啼哭，没想到晚上无法睡觉会这么痛苦。

理彩闻言夸张地皱起眉头说："哇，真辛苦。我最喜欢睡觉了，绝对没办法带小孩。"

"咲良有点蛋类过敏，所以连我都得过着完全禁食鸡蛋的生活。因为万一跑进母乳里就不好了。像这样一看，不管是面包还是蛋糕，世上很多东西含有鸡蛋，不能吃的东西一下子变多了。"

"真的吗？对不起，我应该送你无蛋面包之类的才对。"

"啊，没关系，没关系，学可以吃。"

良枝把理彩送的饼干放盘子里后放到桌上说"你吃"，理彩"啊，嗯"地点点头，但不管是饼干还是蛋糕，都没有继续多吃。为了做香蕉重奶油蛋糕而买的鸡蛋，是良枝家好久没出现的食材。

"如果只是为了我自己，实在没办法忍受，但小孩子被这样抓着当人质，真的没法不乖乖遵守呢。"

良枝抚摸皮肤发疹而一片红的咲良脸颊。

"唉，碰到小孩子的事，怎么样都会变得敏感。像我姐姐家，只是小孩不小心吃到洗澡的婴儿肥皂，就打电话到厂商那里去问呢。"

"啊？"

"我妈也笑他们太夸张了。"

"然后怎么样了？"

"咦？什么怎么样？"

"婴儿肥皂啊。厂商说没问题吗？是哪一家的？莱拉？鹭冢肥皂？如果是莱拉，我们家也是用莱拉的。"

良枝从来没有注意过，一直以为既然都叫"婴儿专用"了，应该不会有问题，因为她和咲良一起洗澡时，咲良应该也不小心吃过好几次。

理彩好像有点慌了。"我没问那么多。"她说,"可是既然都能拿来当笑话讲了,一定没问题的啦。"

"真的吗?如果下次遇到你姐姐,可以帮我问问吗?"

"好……话说回来,小孩平安出生,真的太好了。"

理彩看着抓住桌子边缘摇摇摆摆走路的咲良说。

"千波的婚礼开始前,你突然哭出来,害我真的担心死了。"

"那个时候我真的被逼得很紧。"

理彩的脸上突然没了表情。一会儿后,她面露苦笑,小声呢喃:"你不道歉啊。"

"嗯?"

"我以为你至少会道个歉,说声'不好意思让你担心了'。因为你后来一下子就怀孕了。"

"才不是一下子呢。医生一直没有确诊,从头到尾都没有好好跟我说恭喜。"

"育婴假你打算请满三年吗?"

"嗯。一开始我打算一年就回去工作,结果还是决定请满三年。可是,如果那时候可以生第二胎是最好的。那样的话又可以继续请三年,合计起来就可以休六年了。"

理彩的眼睛睁得老大,嘴巴发出"咦——"的怪叫。

"休六年,你还能再回去吗?我不知道你们公司内部是什么氛围啦,可是六年啊,制度什么的应该也会有很多变化吧?"

"可是我妈跟阿姨都说最好不要辞掉工作。我也觉得不要辞掉比较好。"

现在或许觉得孩子很可爱,也全心忙着育儿。但是,如果辞掉工作,孩子长大以后,自己就失去生活的重心了。辞职或许很简单,但事后懊悔就来不及了。长期以来,她们一边工作一边育儿,以真实经验这么建议良枝。

说老实话,良枝已经不想工作了,想在家永远照顾咲良。可是公寓的房贷还有很多年要还,也想让咲良学才艺,而且她不想变得像嫂嫂那样,明明在家闲着没事,却也不好好规划一下儿子的教育问题。

"你不辞职?"

"嗯……可是要在家照顾两个孩子,感觉也很辛苦,所以我想尽量一年就回职场,然后在咲良可以进托儿所的时候开始照顾第二个。现在有很多小孩在排队等进托儿所,好像很难进去,不过尽量啦。"

理彩不吭声了,不过她很快地"哦?"了一声。

"就算母亲请产假在家,小孩子也可以继续待在托儿所吧？"

"嗯。以前好像规定小孩子要先上完托儿所，很麻烦。不过，现在只要进了托儿所就没问题了。"

"哦，这样啊。"

理彩再次沉默了，良枝见状"啊"了一声，补充说："唉，不过那样说的话，小孩年纪相近的母亲都是亲手一次带好几个，真辛苦呢。"

"这样啊。可是我很吃惊。我一直以为你喜欢工作。找到工作的时候，你说你很高兴能进想进的公司，还说你很乐在其中。"

"我是很喜欢工作啊，而且也很有成就感，所以我才说我不会辞职啊。"

可是每天早上不管任何情况，都得在同样的时间起床，在上下班的通勤高峰时段挤在满是人潮的电车里。还有不管调到哪个部门，只要过个几年，人际关系就会出现摩擦，加上来自上司的不合理要求、被迫加班，不想回到那种单调日子的心情不是讲道理能说得清的，而且也是另一码子事。理彩也不是不明白。

所以怀了孕，开始产休时，一想到那样的生活即将会有戏剧性的变化，良枝开心极了。没想到事与愿违。

送理彩回车站的路上,"这么说来……"她想起来似的说。理彩告诉良枝,她们那天参加婚礼的主角天野千波现在似乎正在进行不孕治疗。千波刚过二十岁的时候就得了子宫肌瘤,或许是为这件事烦恼,她跟丈夫两个人在诊所进行治疗。

"他们好像很辛苦。"理彩说。

"这样啊。"良枝应着,心想:真可怜。千波一定很想要孩子,却没办法生,真可怜。

从车站回来后,良枝急忙帮咲良洗澡,开始准备晚饭。现在长大一些的咲良已经能坐浴室椅了,所以可以跟良枝一起洗澡。晚上虽然还是会睡到一半哭起来,但勉强也算是养成了九点或十点入睡的习惯。

今天理彩来了,所以一整天的计划都被打乱了。即使只有一天,咲良好不容易养成的习惯万一乱掉,感觉会无法再矫正回来,因此良枝急忙准备可以迅速弄好的纳豆拌饭做离乳食品。

7

"吵死了!"良枝吼道,拍了一下哭个不停的咲良额头。

"我打了咲良。"

凌晨三点咲良突然哭起来，"乖啊，乖啊。"良枝哄着，但咲良还是哭个不停，良枝实在是困得要命，却只能继续以温柔的声音哄着，但咲良不仅不停止哭泣，反而越哭越大声。

"吵死了！"

打了她的额头后，咲良的声音一瞬间停了。

很像出生第二个月，第一次接受疫苗接种的时候。咲良露出完全不明白发生了什么事的表情，接着发疯似的号啕大哭起来。

这是良枝第一次打咲良，她盯着自己的手茫然自失，坐在不断哭泣的咲良面前，完全不想伸手碰孩子。

咲良凶猛的哭声终于让睡在旁边的学爬起来了。良枝发现咲良夜啼的时候，睡着的学有一半以上都只是在装睡。"怎么啦？"困倦地询问的声音不是在问良枝，而是在问她怀里的咲良。学没有看良枝的脸，只看着咲良。

"喂。"良枝叫住学似的说，"我打了她。"

后背热了起来。良枝背对着学，等待他会怎么回答。学一副没什么大不了的样子，哄着咲良说："噢，这样啊，妈妈打你呀，不怕不怕，没事没事。"然后他草草地摸了两三下孩子的头，马上又翻身回去睡了。

良枝垮下肩膀，咬紧嘴唇，心想：哪里没事了？才不是没事。我已经快不行了！

这个人一定觉得我们家一点问题都没有，他一定觉得那些可怕的事情只会发生在一小部分家里，跟自己家不一样。

良枝大大地叹气，把哭累而音量稍微变小的咲良拥进怀里，悄悄地走到阳台。为了让哭个不停的咲良吹吹晚风，过去她也经常这样做。远处大楼的灯光零星亮着，底下的马路传来汽车喇叭声，不知何处有狗在叫，低头望去，看得到车头灯或车尾的红灯。怀里抱着沉甸甸的咲良，楼层的高度让良枝有点瑟缩。

不知道是不是明白自己刚才被打了，咲良的哭声听起来像报复，也像在责备：你打我，讨厌。

良枝抱紧继续哭的咲良，大叫："哇！"

她用比咲良更人的声音大叫。

咲良吓了一跳似的肩膀一颤，停止哭泣，仰望咲良的脸。良枝接着又叫："哇！哇！哇！"越是叫出声，就越是停不住。"哇！哇！哇！"中途开始，泪水滚过脸颊。

她紧抱住咲良，觉得累了。

对咲良的愧疚、罪恶感、窝囊、羞耻……这些感情全都无所谓了,她只觉得,好困。

有一天,良枝发现自己忘了买葱。

在料理节目看到的,可以冷冻保存的猪肉大葱汉堡肉看起来很简单,而且好吃,即使是疲惫的日子,也可以为学的晚饭加一道菜,吸引力十足。猪肉馅已经调味好,开始动手料理了。她想再出门跑一趟,可是想到又要抱着咲良上车,在七穗购物中心的停车场打开折叠式婴儿车,把咲良抱上去,只买一把葱就回来——光是想想这个过程就挫败了。

到七穗购物中心只要五分钟车程,要买的只是一把葱。

婴儿床对于咲良来说,大半的角色是良枝在做家事时的牢笼。随着咲良年纪增长,良枝把木头栏杆的高度调高固定,让笼子变得更深,让咲良没办法一个人下床。良枝确定周围没有任何对咲良危险的物品后,离开了屋子。

快,快,快去快回,快去快回。

为收银台前没几个人的队伍和红绿灯焦急着,尽可能火速买完东西,赶回家一看,咲良若无其事地还在婴儿床里。她看到良枝提着购物袋,开心地叫着:"啊呜——啊——"客厅开着没关的《面包超人》影片正好播完一集,正在放片尾曲,咲良随着歌曲展露笑容。看到那张脸,良枝打从心底松了一口气。

什么嘛，原来这么简单。

8

应该很简单的。

咲良不见了。咲良不见了。明明一直在一起的，婴儿车却不见了。

良枝从七穗购物中心回到公寓，连在停车场关上小轿车的门都嫌浪费时间，她紧握住汗湿的手，哭着回到家想立刻联络学，告诉他孩子不见了。

把车子停在停车场，搭电梯上六楼。

看到放在玄关前的婴儿车的瞬间，良枝全身一阵战栗。怎么可能！她惊愕，嘴巴颤抖起来。婴儿车座椅铺着粉红色樱花图案的毯子，确实是咲良的没错。

她用发抖的手开锁推门，慌乱地想要确认咲良平安无事。此时咲良正在婴儿床里安睡着，床单和铺在上面的浴巾被推挤得乱七八糟。咲良可能是哭过，眼角还有流泪的痕迹，嘴角有干掉的口水印，应该是寻找良枝而哭累睡着的。

一股似乎要冻结全身的寒意从脚底慢慢爬上来，良枝只觉得背脊发冷，脸越来越滚烫。

这是没办法的事——她告诉自己。

"这是没办法的事。我每天只有零碎的睡眠，还得打扫房屋，苦心设计离乳食物，为自己还有晚归的学准备时间不同的两次晚餐，把必须拆开细细清洗的咲良的吸管学习杯用热水消毒，我的脑袋已经混乱一团了。我认定必须跟咲良形影不离，脑袋混乱，所以……"

身体猛地一个哆嗦，就像浸了冰水，内脏好似从胃底冷起来。

自从生产以后，出门时咲良的婴儿车时时刻刻总是在良枝身边，推杆的压迫感、存在感总是理所当然地压在胸口一带。如果没有那种感觉就坐立难安，好似忘了什么。

睡着的咲良胸脯上下起伏，身上衣服的兔子脸配合呼吸平静地隆起，安静地降下。布料皱起或拉长，印在衣服上的兔子脸看起来像在生气，也像在哭泣。

良枝感到不敢相信。

不敢相信这是自己做出来的事，她觉得不知所措，混乱不堪。良枝今天没有带咲良去七穗购物中心。可是明明是不久前的事，她却想不起来自己是何时出门，逛了七穗购物中心的哪些地方。丢下装手机的包，只带着钱包出门，自己是想做什么呢？想要在七穗购物中心买什么？

良枝不是想要便宜的发带，只是想要一个人的时间。

因为一直没睡，脚踏在地上没有实感，宛如处在梦中，视野底部的白雾已经堆积了好几天。

"怎么办？"良枝说出声来。七穗购物中心的警卫和总经理应该还在找咲良的婴儿车，他们还说要报警。

我搞砸了。

沉睡的咲良脸颊上散布着红疹，安详地闭着眼睛，嘴巴软软的，无力地张着。什么都不知道，什么都不懂的咲良。只能相信我的咲良。

用不着心理准备，良枝一瞬间就决定了——她咬紧嘴唇，匆匆把咲良的头从床上抱起，搂到胸前，把装手机的皮包这次搭在肩上，直接拖走丢在玄关没有打开的婴儿车，乘电梯下楼。然后把睡着的咲良放上婴儿座，把婴儿车塞到脚下，急忙赶往七穗购物中心。如果停下来思考，似乎就会踌躇不前，她只知道要快，鼻头沁出汗珠。

不是停在平常停车的露天停车场，而是开进室内的立体停车场三楼，打开婴儿车把咲良放上去。咲良睡着没有醒。

良枝看着那张无辜的睡脸,胸口被揪紧似的发疼,可是除了这么做,她想不到其他方法了。

她要把载着咲良的婴儿车丢在附近的男厕。

男厕的话,良枝就不会被怀疑了。放下婴儿车后,良枝再回去刚才的员工休息室。没事的,没事的,警卫很快就会找到丢在那里的婴儿车。一定几分钟之内就会找到。如果他们一直没找到,良枝再自己冲出去找就行了。

可是——一种不祥的感觉压迫胸口,就像要把她推入漆黑的深渊。

可是,万一丢在那里的几分钟内,真的有人把咲良跟婴儿车带走……

不会有事的,一定不会有事的。不可能发生那种事。咲良很快就会被警卫或员工找到。不可能真的被掳走。可是,万一真的发生那种事,这次良枝真的不用活了。

握住婴儿车握把的手汗湿了,随时都像会滑掉。得快点才行,得快点才行。

走过光线微弱的灰蒙蒙的停车场,良枝把婴儿车推进散发出有如暗夜城市中唯一明亮的便利超市灯光般的购物中心入口。没有人。延伸到商场的通道的自动扶梯发出震动声。看到那个景象,良枝双脚瑟缩,一阵作呕。她想象自己和咲良被卷进电扶梯，粉身碎骨的景象。她硬是撇过头去，把婴儿车往逃生梯的方向推。平常不会使用的厕所的标示就在底下。

良枝深深吸气，把咲良连同婴儿车抬起。每次看到学在没有斜坡的地方用蛮力这样做，良枝都觉得惊险万状，同时气愤为什么公共区域居然没有电梯和斜坡这些必要的设施？

如果不屏住呼吸一口气搬运，似乎就会体力不支，让咲良摔下去。如果她重心不稳，身体连同婴儿车都会歪倒，就在差点踏空阶梯的时候她勉强恢复平衡，把婴儿车的车轮放上平台。与其说是放，不如说是猛力一扔。弹跳让睡着的咲良反射性地发出"呼哎"的叫声。

良枝额头浮出汗水。目的地的男厕就在眼前了。

"我只能这么做。我也只能这么做了。这样下去，我会被当成不正常的母亲。会被烙上再也洗刷不掉的，育儿精神衰弱而大吵大闹的不正常母亲的烙印，以后再也不能来七穗购物中心买东西了。公寓就在附近，我才会来这里买东西的。贷款也没还完……会不能再继续住下去……"

"对不起。"良枝看着婴儿车里沉睡的咲良说，"对不起，对不起……"她一再道歉。咲良出生以后，她好像就一直在向这孩子道歉。"对不起，我是这么糟糕的母亲，对不起。"

她手指颤抖着，明明怕得不得了，但还是抬起头来，准备动手把婴儿车推进男厕。

就在这个时候。

婴儿车里的咲良忽然睁开了眼睛，单眼皮、黑白分明而清澈的眼睛捕捉到良枝的身影。良枝发现她的焦点确实聚集在自己面前。

那一瞬间，良枝动弹不得了，前所未见的强烈冲动压垮了胸口。

"呜哇——啊啊！"她放声大叫。

良枝抓住本来就要放开的把手，颓然地靠在推杆上，哭叫起来。咲良的眼睛吓了一跳似的睁大，仰望良枝。良枝瘫坐在地上，不停地哭泣。

人来了。有人问："怎么了？"她在泪眼迷蒙的视野中看到警卫蓝色的制服，是刚才良枝抓住他的手臂，求他帮忙找婴儿车的那个人。他发现在哭的是良枝，"啊"地一叫。

警卫急忙检查婴儿车，确定咲良就在那里。

他用力拍打良枝的肩膀，"太太，"他说，"太太，你找到了。太好了，真的太好了！"

听到良枝的哭声，不知道是客人还是员工，人开始聚集过来。警卫用无线电联络，叫着："找到了，找到了！"

"太好了，太好了！"

许多人安抚着良枝。

"太太，能找到孩子真是太好了。"

"太太……"不断投上来的这些话，令良枝抬不起头，她觉得那些声音遥远得、生疏得不知道是从哪里传来的。

这十个月以来，良枝梦见过好几次她害死咲良，在浴室手滑、在阳台不小心，让咲良从这双手中摔落，过失致死的梦；来不及、够不着，任她坠地的梦。我做了不可挽回的错事。

可能是看到许多人，被吓着了，咲良尖声哭了起来。

即使再也无可挽回，即使越过了不能越过的线，即使破灭，今后我还是会搂紧咲良。我会永远拥抱住她。

良枝总算抬起一直按在婴儿车推杆上的脸，呼唤咲良。当她把手伸向座位，双手触摸到咲良的脸颊瞬间，喉咙深处又传出哭声。

"对不起，"她说，"为了你，我什么都肯做。"

初　出

仁志野町的小偷　ALL读物　二〇〇九年十月号

石蹯南地区的纵火　ALL读物　二〇一〇年四月号

美弥谷住宅区的亡命徒　ALL读物　二〇一〇年一月号

芹叶大学的梦想与杀人　文春MOOK《ALL推理》

君本家的绑架　文春MOOK《ALL推理二〇一二》